星星女孩

傑瑞・史賓納利
（Jerry Spinelli）——著

梁永安——譯

導讀

青春，就是一場自我個體與群體認同的拔河

親職溝通作家／羅怡君

每次開同學會，一群人總會在記憶深處挖探過往的各種大小事，用座號清點腦海裡的名字和身影，然而總會有一兩位被稱之為「怪咖」的同學，明明讓人印象深刻卻又非常陌生，只有像剪影般的黑色輪廓、說不出太多細節……。校園小說裡的怪咖總是占盡版面，而在現實生活中，怪咖幾乎毫無存在感，儘管被稱之為「怪」應該會吸引大家注意，然而更殘酷的是避之唯恐不及的冷暴力，讓怪咖成為另一群不受歡迎的人的代名詞。

星星女孩正是這樣的怪咖，不，她甚至更特別、更透徹一點：對著同校但不認識的人在生日當天公開獻唱、奇裝異服、愛問問題、帶著寵物鼠、不用自己原本的名字……，最重要的是她絲毫不在意別人，盡情實踐隨興

且熱情的生活哲學。說也奇怪，成天嚷著爭取「做自己」的青少年，為什麼無法容忍如此「個體化」的行為呢？她從怪咖翻身為校園風雲人物，一夕之間風雲變色再次備受冷落，最後以優雅身影參與舞會，當作告別前的歡樂派對；過程中輿論風向是如何形成或改變的？同儕們又是如何「選擇」立場的呢？

《星星女孩》與其他描寫霸凌的校園故事最大不同，是以深度描寫、觀察的方式提供給我們許多線索，讓我們重新回到學生視角，試著去體會青少年們想被看見卻同時需要安全感與歸屬感的矛盾情感，如何影響他們對事物的判斷與看法；對未來無法預期的恐懼與焦慮，又如何迫使他們捨棄絕對冒險、收起稜角，將自己隱入集體樣貌當中。

故事中特別舉出一位「校草」韋恩・帕爾作為分析的對比樣本。這位全體學生們的「典範」，我們可以說他集結多數人「應該有」的樣子，卻也幾乎「沒有特色」，每個人都能從他身上找到部分現有自己的投射，也找到可以模仿的對象，不知不覺地就像服從同樣的價值觀，一切令人安心。那麼校草的社會學習對象又是誰呢？答案是令人哭笑不得的《GQ》雜誌。

在企業管理領域裡有一種「鯰魚效應」，意思是在一群魚當中放入一條鯰魚，鯰魚會因為到陌生環境而奮力游動，而原本魚群被擾動刺激產生危機意識，因而打破慣性重新充滿活力。星星女孩就如同那一條外來的鯰魚，在平靜校園中掀起話題，但也漸漸鬆動校園裡的氣氛，在星星女孩加入學校啦啦隊之後，帶起的另類風潮也逐漸成形。

這段「從怪咖到意見領袖」的轉變過程，恐怕是星星女孩始料未及的，她從未想要「爭取」誰的認同，只是專注持續地用自己的方式與這世界連結互動；情節中透過第三者的觀察，提供給我們一些輿論轉向的原因與線索：

「我們用模仿來推崇她……我們給予她的喝采，也像是給予了自己一些什麼……」

「這是一場她領導的革命，一場以開創而非推翻為目的的革命……」

「……看著一度單調乏味的學生群體分化為幾百個個體。你以為四散成許多碎片但一個新集合體又出現了……」

有點諷刺的是，「喜歡星星女孩」轉眼間變成另一種「從眾現象」。

許多人際關係受挫的青少年，往往無法理解這些隱微幽然的變化；書的前半段，作者不斷透過各種細節，帶領讀者思考「個體」與「群體」間微妙的關係。現實生活中的怪咖並非都有機會被接受融入，過程裡其他意見領袖（如：啦啦隊長）、參與團體活動，是否具有高度自我價值感……等等，都是重要的影響因素。

然而當讀者替星星女孩鬆口氣之際，善變的民意又開始蠢蠢欲動。後半段加入與男孩的熱戀、身為校隊啦啦隊卻替對方加油、主動參與別人的葬禮和家庭生活……星星女孩仍然維持做自己，但似乎跨過了某些界線，空氣中的氛圍逐漸質變。

什麼界線呢？作者精心設計各種事件，暗示的是群眾的「心理界線」與文化默契，這正是每位青少年成長過程中必須不斷「以身試界」的過程，太忠於自己忽略他人的尺度，即使出於好意也可能冒犯他人；故事裡犯了眾怒的星星女孩也無法力挽狂瀾，開始被其他人質疑、冷落、忽視的冷暴力對待。

難道星星女孩不曾動搖嗎？有的，為了她深愛的男孩，星星女孩想要變得跟別人一樣：她重拾蘇珊這個普通名字，跟大家打扮相同，只為了不再讓身旁的人受傷害，畢竟沒有人敢和大家討厭的人談戀愛吧。

相信有同樣煩惱的孩子會急著追問，這樣有用嗎？別人看見嘗試變得平凡的努力，反應又是如何呢？星星女孩後來有得到她想要的嗎？這些未必有答案的大哉問，作者也安排一位智者阿契陪伴著我們解惑：唯有透過自己想知道的「問題」長期觀察，我們才能更認識某個人，而不是從答案裡認識別人。

《星星女孩》是本難得嘗試捕捉變化莫測民意的青少年小說，那些令人摸不著頭緒的瞬間，是每個孩子摸索、拓展、抗拒、學習個體與群體邊界的過程，更是自我認同的建構經驗，人生雖不是非黑即白，但終究得做出自己的選擇。

豪豬領帶

我小時候，彼得叔叔有一條豪豬圖案的領帶。我認為世界上沒有東西比這更特別了。他會很有耐心地站在我面前，讓我用手指摸過領帶的絲質表面。我一面摸一面隱隱擔心手指頭會被豪豬刺扎到。有一次，他甚至讓我把領帶戴上。我一直希望買一條跟那一樣的領帶，但始終沒有找到。

十二歲那一年，我們家從賓夕法尼亞州搬到亞利桑那州。彼得叔叔前來送別時，戴了那條領帶。我以為他是為了讓我可以再看它最後一眼，所以很是感激。但忽然，他以誇張的動作解開領帶，掛在我脖子上。「它是你的了，就當是送行禮物。」他說。

我太喜歡那條豪豬領帶了，所以決定開始搜集同樣的領帶。但搬到亞利桑那兩年後，我的豪豬領帶還是只有一條。理由很簡單：試問在亞利桑那的邁卡城或世界任何地方，哪會有賣豪豬領帶的店？

十四歲生日那一天，我在本地報紙上讀到關於我的報導。家庭版有一篇專欄，專門在小孩生日當天介紹他們，而我媽打電話給報社提供了一些資訊。文章最後這樣說：「里歐．伯洛克的嗜好是搜集豪豬領帶。」

幾天後，放學回到家，我在前台階看見一個塑膠袋。裡頭是綁著黃色絲帶的禮物包，上頭的標籤寫著：「生日快樂！」我打開盒子，竟看到一條豪豬領帶：一共有三隻豪豬，其中兩隻拿自己的刺射飛鏢，第三隻用刺剔牙。

我把盒子、標籤和包裝紙細細看了一遍，都沒看到送禮物人的名字。我向爸媽和朋友查問，還打了電話給彼得叔叔。所有人都否認知情。

我單純把這件事看成懸案，完全沒想到我是被人監視了。我們每個人都遭到監視了。

1

「你看到她了嗎？」

這是凱文在十一年級開學日跟我說的第一句話。我們正在等待上課鈴聲響起。

「看見誰？」我說。

「哈！」他伸長脖子掃視人群。你從他臉上表情就看得出來，他先前看見了什麼異乎尋常的事物。他露齒而笑，繼續掃視。「你等一會兒就會知道了。」

幾百個學生走來走去，互喊著名字，指著彼此自六月後就沒見過、被夏天太陽曬黑的臉。開學日第一節上課鈴響前的十五分鐘是我們對彼此最深感興趣的時刻。

我捶了一下他的手臂。「你說誰？」

鐘聲響了，我們湧進教室。

我在班上又聽見那句話。當時我們正在念「效忠誓詞」[1]，一句耳語從我背後傳來：

「你看到她了嗎？」

後來，我在走廊又再聽到同樣的話；在英文課堂和幾何學課堂也又各聽到一次：

「你看到她了嗎？」

「她」是誰？一個新生？一個加州來的絕色金髮美女？還是說她像我們大多數人一樣是來自東部？又或是某個改頭換面的女生，在六月離校時還是小女孩的模樣，卻在九月回來時變成一個十足的女人，由此創造了一個十週的奇蹟？

然後，在地球科學課上，我聽見了一個名字：「星星女孩」。

我轉頭望向那個懶散趴在桌上的高年級生。「星星女孩？」我問，「這是哪門子的名字！」

「沒錯，她叫星星女孩．卡拉韋。這是她自己在教室裡說的。」

「星星女孩？」

「對。」

接著，我終於看見了她。當時是午餐時間。她穿一件灰白色洋裝，裙子長到蓋住鞋子。洋裝的領口和袖口繡著滾邊，讓人懷疑那是她曾祖母的結婚禮服。她有一頭垂肩的淡金色頭髮。她斜背著一樣東西，但不是書包。一開始我以為那是把迷你吉他，後來才曉得是烏克麗麗。

她沒拿午餐托盤，而是拿著一個很大的帆布袋，上面印著一朵和真花一樣大的向日葵。當她走過時，餐廳陷入一片寂靜。她停在一張空桌旁，放下袋子並把烏克麗麗的背帶勾在椅背上，然後坐了下來。她從袋子裡拿出一個三明治，吃了起來。

餐廳裡一半的人繼續盯著她看，另一半的人開始竊竊私語。

凱文露齒而笑。「我早告訴你了吧！」

我點點頭。

「她念十年級，」他說，「聽說之前一直是在家自學。」

1 美國中、小學生每天上課前都得宣誓效忠國旗和國家。

「這就難怪。」我說。

她背對著我們，所以我看不見她的臉。沒有人跟她一起坐，但她周圍餐桌的學生全都兩兩擠在一張椅子上。她似乎沒注意到這種情況。在一片盯著她瞧和竊竊私語的臉孔海洋中，她像是個孤島。

凱文再次露出大笑容。「你現在想的是不是和我想的一樣？」

我以大笑容回應他，點點頭說：「『熱椅』[2]。」

「熱椅」是我們校內的電視節目，由我倆在去年推出。我擔任製作人兼導播，凱文擔任現場主持人。每個月他都會訪談一位學生。到目前為止，大部分受訪者都是優等生、運動員和模範市民一類的人。他們只是被一般主流價值認定為突出的一群人，不是什麼特別有趣的人物。

凱文突然睜大雙眼。那個女孩拿起烏克麗麗開始撥動，然後唱起歌來！她一邊彈琴，一邊晃動頭部和肩膀，唱道：「我細看一株先前沒注意的四葉草……」四周鴉雀無聲，接著響起一個人的鼓掌聲。我看了一眼。拍手的是餐廳收銀員。

這時她站起來，把帆布袋甩上肩，大步走過一張張餐桌，邊彈邊唱，邊走邊旋轉。大家紛紛轉過頭緊盯著她，嘴巴張大，對眼前的景象感到難以置信。當她經過我們的桌旁時，我第一次有機會看清她的臉。她不特別美麗，但也不醜，鼻梁上有些雀斑。大致來說，她和校內其他一百多個女生沒什麼差別。只有兩點不同：她沒有化妝，而且有著一雙我所見過最大的眼睛，就像車燈照射下睜大的鹿眼。她快速旋轉著身體經過，揚起的裙襬擦過我的褲管，然後大步走出餐廳。

餐桌中間響起三個人的緩慢拍掌聲。有人吹口哨，有人怪叫。

我和凱文怔怔地看著彼此。

凱文舉起雙手，比出電影院看板的形狀。「『熱椅』！好戲即將上演：星星女孩！」

我一拍桌子。「就這麼辦！」

我們互相擊掌，表示一言為定。

2 「熱椅」的「熱」同時有「炙手可熱」和「溫度高」之意。

2

隔天我們到學校時，希拉蕊．金寶站在教室門邊，四周圍著一群人。

「她不是真的，」希拉蕊嗤之以鼻地說，「她是在演戲。整件事是騙局。」

有人大聲問：「誰要騙我們？」

希拉蕊對這個荒謬的問題搖頭，「行政單位。校長。不然還會是誰？而且是誰有差嗎？」

有人揮手問道：「他們為什麼要這樣做？」

「為了提振學校的氣氛。」她不屑地回答，「他們認為去年這裡死氣沉沉。他們認為如果在學生當中安插一個怪咖——」

「就像他們在學校裡安插臥底緝毒警察一樣！」另一個人喊道。

希拉蕊瞪了說話的人一眼，繼續說道：「——安插一個怪咖搞點氣氛，說不定我們這些小孩就會偶爾去看看球賽，或者參加社團。」

「而不是在圖書館親熱！」另一個聲音說。大家全笑了起來。這時上課鐘聲響起，我們都走進教室。

希拉蕊．金寶的理論很快傳遍校園，很多人相信這個理論。

「你覺得希拉蕊說得對嗎？」凱文問我，「星星女孩是個臥底？」

我覺得好笑，「你自己想想看嘛！」

他雙手一攤：「怎樣啦？」

「這裡是邁卡高中，」我提醒他，「不是中央情報局一個行動站。」

「也許不是，」他說，「但我希望希拉蕊沒猜錯。」

「為什麼？如果她不是真的學生，我們就不能請她上『熱椅』了。」

凱文搖搖頭，咧嘴一笑，「一如往常，導播大人，你總是見樹不見林。我們可以利用節目拆穿她。你還不懂嗎？」他用手比出電影院看板的形狀：

「『熱椅』揭穿校方騙局！」

我瞪著他，「你希望她是冒牌學生，對不對？」

他露出一個大笑臉，「當然。那樣的話我們的收視率就會衝上天！」

我必須承認，見到她越多次，我就越相信她是個臥底，是個玩笑，怎樣都不像是真的學生。第二天，她穿了件鮮紅色的連身吊帶寬短褲，淡金色的頭髮往後紮成兩條麻花辮，各打著一個鮮紅蝴蝶結。她給兩頰塗上蘋果色腮紅，還特地點了幾顆超級大雀斑。她看起來就像是「小蓮」或「牧羊女」[3]。

午餐時，她又是一個人坐一張餐桌。她像之前一樣，吃完午餐後便拿起烏克麗麗。但這次她沒有彈奏，而是站起來走過一張張餐桌。她凝視我們。她凝視每一張臉，一張接一張打量。在這之前，這裡幾乎從不會出現這種「我正在看著你」的大膽凝視，尤其是對陌生人。她似乎在找某個人，整間餐廳都變得非常坐立不安。

當她走近我們的餐桌時，我心想：萬一她要找的是我怎麼辦？這個念頭讓我感到害怕。所以我別過頭，看著凱文。我看見他抬頭對她咧嘴傻笑，又晃動手指低聲說：「嗨，星星女孩！」我沒聽見她回應。我強烈感覺到她從我椅子後面走過。

她在兩張餐桌外停下來，對著一個叫亞倫．弗克，身材臃腫的高年級生微笑。整間餐廳一片死寂。她開始彈烏克麗麗，並且唱起歌來，唱的是「生日快樂歌」。唱到他的名字時，她不只唱出名字，還唱出全名：

「生日快樂，親愛的亞倫．弗——克……」

亞倫．弗克的臉漲得和「牧羊女」辮子上的蝴蝶結一樣紅。四周響起一陣口哨和叫好聲，但我覺得那是對亞倫而不是對她而發。當星星女孩走出餐廳時，我看見坐在餐廳另一頭的希拉蕊．金寶站了起來，伸手指著她說了些什麼。但我聽不見是什麼話。

當我們加入走廊裡的人潮時，凱文說：「我來告訴你一件事：她最好是個冒牌貨。」

我問他是什麼意思。

「我是說，如果她是真的，她麻煩就大了。你認為一個真是那樣的人

3 「小蓮」為日本卡通《小天使》女主角，「牧羊女」為動畫電影《玩具總動員》中角色。

能在這裡待多久？」

好問題。

邁卡高中──「邁中」──絕對不是怪咖的溫床。當然，我們之間是存在一些個體性變異，但變異的程度微乎其微。我們都穿同樣的服裝，以同樣調調說話，吃同樣的食物，聽同樣的音樂。即使是我們中間的「怪咖」和「書呆子」，身上也蓋有「邁中」的印記。即便我們不小心稍微偏離了規範，也會很快像橡皮筋一樣收縮為原樣。

凱文說得沒錯。星星女孩要在我們當中生存下去──更精確地說，是要在不做改變的情況下生存下去──是無法想像的事。但希拉蕊．金寶顯然至少說對了一半：不管這個自稱星星女孩的人是不是校方為提振校園氣氛而安插的臥底學生，她絕不會是真的。

她不可能是真的。

九月的頭幾個星期，她好幾次穿著奇裝異服來上課。一次是一九二〇年代流行的飛來波女郎洋裝，一次是印地安人鹿皮裝，一次是日本和服。有一天，她穿著牛仔迷你裙配上綠色長襪，其中一隻襪子上別了一排搪瓷瓢蟲和蝴蝶別針。對她而言，正常服裝就是裙襬及地的拓荒時代洋裝和長裙。

每隔幾天，她就會在餐廳給某個人獻唱「生日快樂歌」。我慶幸我的生日是在暑假。

在走廊上，她會向完全不認識的人打招呼。高年級生簡直不敢相信。他們從沒有看過十年級生敢這麼大膽。

在課堂上，她老是舉手問問題，不過她的問題常常和上課內容無關。有一天，她問了北歐山精是什麼——但那堂課是美國歷史課。

她創作了一首關於等腰三角形的歌，在平面幾何課時唱給全班聽，歌名是〈我有三條邊，但只有兩條邊等長〉。

她參加了越野田徑隊。我們的主場比賽都是在邁卡鄉村俱樂部的高爾夫球場舉行。沿路上插了紅旗標示的比賽路線。在她參加的第一場比賽中，當其他人在球場中央向右轉的時候，她卻向左轉。他們在終點線等她，但她卻始終沒有出現。結果她被校隊開除。

有一天，有個女生在走廊尖叫起來：她看見一張褐色小臉從星星女孩的向日葵帆布袋鑽了出來。那是星星女孩的寵物鼠，每天都被放在帆布袋裡帶到學校來。

有一天早上，天空難得下雨。當時她正在上體育課，老師叫大家走入室內。當大家朝下一堂課的教室走去時，卻從窗戶看見星星女孩還在外面。她在雨中跳舞。

我們想要把她歸類，但除了「怪異」、「離奇」和「傻呼呼」以外，我們想不出更貼切的字眼。她的所作所為讓我們茫然失措。學校上頭無雲的天空上好像盤旋著五個字：

她在搞什麼？

她做的每件事似乎都印證了希拉蕊．金寶的說法：她不是真的……她不是真的……

每天晚上，當月光照進房間的窗子時，躺在床上的我都會想到她。我是可以拉起窗簾讓房間暗一點（這樣比較容易入睡），但我從沒這樣做。我沐浴在月光中讓我感應到事物的另一面。我喜歡月光帶給我的感覺，就像它不是白晝的相反而是白晝的背面，是白晝私密的一面，這時各種奇思怪想會像來自沙漠的黑貓那樣，趴在雪白的床單上發出嗚嗚聲。

就在這樣一個月光映照的夜晚，我突然醒悟到希拉蕊．金寶的說法有誤。星星女孩是真的。

3

我和凱文每天吵架。

身為製作人，我的主要工作是為「熱椅」選角。等我邀約成功後，凱文便開始對這個人展開調查，準備要問的問題。

他現在每天都問我：「你邀請她了嗎？」

每天我都回答沒有。

他開始不耐煩。

「你說沒有是什麼意思？你**不想**找她上節目嗎？」

我告訴他我不確定。

他兩眼圓睜，「不確定？你怎會不確定？我們幾個星期前在餐廳裡就已經講好了啊！我們當時還想為星星女孩做一系列迷你特輯呢！這是天上掉下來的大好機會。」

我聳聳肩，「那時是那時。現在我不確定了。」

他看著我，好像我有三隻耳朵，「有什麼不確定的？」

我聳聳肩。

「那好，」他說，「**我**會去邀請她。」然後就走開。

「那你得找別人當導播。」我說。

他停下腳步。我幾乎看得見蒸氣從他的肩膀冒出。他轉過身，指著我說：「里歐，有時你真是個不折不扣的混蛋。」說完掉頭就走。

這種情形讓人很不舒服。我和凱文．昆蘭通常對每件事都意見一致。我們從四年前的同一星期搬到亞利桑那州來之後，就一直是最好的朋友。我們都覺得梨果仙人掌看起來像長鬍鬚的乒乓球拍，覺得巨人柱仙人掌像是恐龍造型的連指手套。我們都喜歡草莓香蕉口味的冰沙。我們都想要進入電視圈。凱文常說他想當低俗脫口秀主持人，而他可是認真的。我則是想當體育節目播報員或新聞主播。我們一起構想出「熱椅」這個節目，並說服校方讓我們製作。節目一播出馬上引起轟動，很快便在校內大受歡迎。

那為什麼我會猶疑呢？

我不知道。我有一些模糊的感覺，但唯一能分辨出來的只是這個警告：別碰她。

經過一段時間之後，有關星星女孩來歷的「希拉蕊假說」（這是凱文取的名字）受到其他理論取代。這些理論包括：

她是盡力要讓自己被星探發現。

她有吸笑氣的習慣。

她因為在家裡自學太久而瘋了。

她帶來學校的老鼠只是冰山一角，她在家裡養了幾百隻老鼠，有些大得像貓。

她住在沙漠的一個鬼城裡。

她住在一輛巴士上。

她父母是馬戲團空中飛人。

她父母是巫師。

她父母是腦死的植物人，躺在尤馬[4]一家醫院裡。

我們看著她在教室裡坐下，從帆布袋拿出一條黃藍相間的滾邊窗簾，鋪在書桌上。我們看著她擺出一個三英寸高的透明玻璃花瓶，插上一朵白蕊黃瓣的雛菊。她每堂課都會鋪排這些，下課再收拾起來，一天一共是六次。只有每星期一早上的雛菊是新鮮的，到了最後一節課，花瓣便低垂下來。到了星期三，花瓣開始脫落，花莖開始枯乾。到了星期五，那朵花垂在水乾了的花瓶瓶口，枯乾的花蕊把黃色花粉灑落在鉛筆凹槽裡。

當她在餐廳裡唱「生日快樂歌」時，我們會跟著合唱。我們聽到她在走廊上和教室裡跟大家打招呼時，都納悶她是怎麼知道我們的姓名和生日。

她那雙「在車燈照射下睜大」的眼睛讓她永遠都是一副吃驚的模樣，以致我們常常忍不住轉頭往後看，看看我們是不是看漏了什麼。

她會在沒人說笑話時發笑，會在沒有音樂伴奏下跳舞。

她沒有朋友，但她是全校最友善的人。

在上課回答問題時，她常常提到海馬和星星，但她不知道什麼是美式足球。

4 「尤馬」是美國亞利桑那州的一座城市。

她說她家裡沒有電視。

她讓人捉摸不定。她是今天，她是明天。她是仙人掌花所散發的最淡花香，是一隻姬鴞飛掠而過的影子。我們不知道應該用什麼方式看待她。我們想把她當成蝴蝶，釘在軟木板上，但大頭針刺穿木板，她飛走了。

◆

凱文不是唯一要求我的人。其他學生也說：「讓她上『熱椅』。」

我撒了個謊。我說她才十年級，而至少要十一年級才有資格上節目。

與此同時，我保持和她的距離，像是觀察籠裡小鳥的那樣觀察她。有一天，我轉一個彎後看見她迎面而來，長裙發出輕柔的沙沙聲。她直視著我，一雙眼睛把我包圍起來。我馬上轉過身，往另一邊走去。在下一堂課的教室坐定後，我感覺全身發熱，而且發抖。我擔心她注意到了我方才在她面前一副蠢相。所以我也變得傻呼呼了嗎？先前當我在轉角處看見她時，感受到的感覺就像是恐慌。

然後在一天放學後，我跟蹤她。我跟在一段安全距離之外。因為知道她回家不用坐公車，我預期不用走多久。結果卻不是這樣。我們走過整個邁卡城，經過上百個全是石頭和仙人掌的前院，穿過都鐸風格的購物中心和繞過電子工業園區——邁卡城十五年前就是環繞著這個園區發展起來的。

我看到她從帆布袋拿出一張紙，讀了一讀。她看來一面走一面注意門牌號碼。然後她突然間右轉，走上一條私家車道，到門前之後，把某樣東西放進信箱裡。

等她離去後，我四面張望。確定四下無人之後，我走到信箱，從裡面取出一張自製的卡片，把它打開。卡片上寫著「恭喜！」每個字母都是用一種不同顏色寫出。沒有署名。

我繼續跟蹤她。一輛輛汽車開進自家車道。現在已經是晚飯時間，我爸媽一定會納悶我去了哪裡。

她把老鼠從帆布袋裡拿出來，放在肩上。老鼠面朝後，三角形小臉從她淡金色的髮絲之間往外張望。我看不見牠那雙烏黑的眼珠，但猜想牠正在告訴星星女孩牠看見什麼。所以我放慢腳步，跟在後面遠一點。

影子斜過了馬路。

我們走過洗車場和腳踏車店。我們走過鄉村俱樂部的高爾夫球場，那是到下一個城鎮的高爾夫球場之前，最大的一片青草地。我們經過「歡迎蒞臨邁卡城」的告示牌。我們正在向西而行。接下來只剩下我們、公路、沙漠和在馬里科帕山脈上方燃燒的太陽。我希望自己戴了太陽眼鏡。

一陣子之後，她離開公路。我猶豫了一下，然後繼續跟著她。她直接往落日方向走去，現在太陽是一個懸在山頭上的巨大橘子。有那麼一分鐘，山脈和她沾了沙塵的裙子變成了同樣的薰衣草般的暗紫色。每走一步四周都越發安靜，我也越發意識到她知道自己被跟蹤，而且是一路下來都知道。甚至應該說，她是一直在帶著我走。她始終沒有回頭看。

她把烏克麗麗拿下來彈，並唱起歌來。我不再看得見那隻老鼠，猜想也許在她簾幕般的金髮後頭，牠正打著盹呢！我想像牠跟著她一起唱。太陽落在了群山後面。

她要往哪裡去？

暮色愈來愈深，巨人柱仙人掌在碎石地上投下了巨大影子。我臉上的空氣清涼。沙漠聞起來有蘋果的香味。我聽見了某種叫聲。是郊狼嗎？我開始擔心會碰到響尾蛇和蠍子。

我停下腳步。我看著她繼續往前走。我壓制住叫住她和警告她的衝動——我是要警告她什麼啊？

我轉身走開，然後跑了起來，回到公路上去。

4

在邁卡高中，希拉蕊·金寶因為三件事情而知名：她的嘴巴、「惡作劇」和韋恩·帕爾。

她的嘴巴會說個不停，大多數時候都是埋怨東埋怨西。

所謂的「希拉蕊惡作劇」是發生在她十年級的時候，當時她參加啦啦隊選拔。她的臉蛋、頭髮和身材都沒話說，所以輕易當選（她的那張嘴當然也有功勞）。然後讓所有人吃一驚的是，被錄取後她又拒絕加入。她說她只是想證明自己辦得到，又說她根本不想站在空蕩蕩的球場看台前又叫又跳（沒錯，球場看台通常都是空蕩蕩的）。而且不管怎麼說，她討厭體育運動。

至於上面提到的韋恩·帕爾則是她的男朋友。在嘴巴這件事情上，他和她恰好相反：他極少開口。他用不著開口，他需要做的只是出現——出現是他的工作。不管是按照女生還是男生的標準衡量，他都是個大帥哥。

但又不止於此。

說到成就，韋恩．帕爾幾乎是無名小卒。他沒有加入任何校隊，沒有參加任何社團，沒得過獎，沒拿過A。他沒當選過什麼，沒得到過任何榮耀。不過，多年之後我才意識到，他是引領我們每日行為的大領隊。

我們不會在每天早上起床後問自己：「韋恩．帕爾今天會穿什麼服裝？」或「韋恩．帕爾今天會做什麼？」至少不會有意識地這樣問。不過在某個意識之下的層次，我們卻是這樣做了。韋恩．帕爾不會去看足球賽和籃球賽，而我們大部分學生也是如此。韋恩．帕爾不會在上課時問問題，也不會在鼓舞士氣的集會中激動起來，我們也是如此。韋恩．帕爾對很多事情都不在乎，我們也是如此。

是韋恩．帕爾創造了我們，還是反映了我們？我不知道。我只知道當你把學生全體一層一層地剝開，會發現裡頭最核心的不是學校精神而是韋恩．帕爾。這就是我會在十年級時邀請韋恩．帕爾上「熱椅」的原因。凱文聽到這個主意之後很是驚訝。

「為什麼挑他？」凱文問，「他做過些什麼？」

我能說什麼呢？難道要我說，韋恩．帕爾之所以值得訪問，正因為他什麼都不是，正因為他是什麼都不做的典範？我只有模糊的洞見，無法用言詞來表達，所以只是聳聳肩。

那一集的高潮出現在凱文問誰是他的偶像的時候。這是凱文的標準問題之一。

韋恩·帕爾回答：「GQ。」

在控制室內，我愣了一愣，懷疑聲控是否正常。

「《GQ》？」凱文傻傻地說，「你是說那本男性雜誌？」

韋恩·帕爾沒有看凱文，他直接看著攝影機，得意地點頭。他接著說他想成為男模，最高目標是登上《GQ》的封面，說著對鏡頭擺出一個姿勢——他馬上做出模特兒那種滿不在乎、不可一世的表情。我突然看到了他在封面上的樣子：像雜誌四角一樣方正的下巴，線條分明的臉頰，完美的牙齒和頭髮。

就像我說過的，這事情發生在我們十年級邁入尾聲之際。當時我以為，韋恩·帕爾會以大領隊的身分永遠君臨我們。那時的我又怎麼可能知道，過沒多久他就會受到一個滿鼻子雀斑的在家自學者的挑戰？

5

一個星期五晚上，凱文打電話給我，他人在美式足球賽現場。「快點過來！丟下手邊所有事情！馬上！」

凱文是少數去看球賽的學生之一。學校老是威脅說因為看球的人太少，要解散球隊。他們說門票收入只勉強夠付球場的照明電費。

但是凱文在電話裡大叫。我跳上家裡的小貨車，往球場疾駛而去。

我從小貨車一躍而下。凱文站在大門口揮手，高喊：「快點！」我在收票口丟下兩塊錢，和他一起跑入球場。「在上面看得比較清楚。」他說，一面說一面把我拉到看台上。當時是半場休息時間。樂隊在場上演奏，一共是十四人，學生之間稱之為「世界上最小型的站定樂隊」[5]。他們人數不足以排出字母或圖形（大寫的字母I除外），所以很少在中場時間步操。

[5] 「站定樂隊」是相對於「步操樂隊」而言，有諷刺意味。學校樂隊會在球賽中場時間在球場上邊步操邊演奏，稱為「步操樂隊」。

他們大多數時候是分兩排站定演奏，一排七人，外加一個負責指揮的學生。沒有女儀仗隊和掌旗手。[6]

但今晚的情況不一樣。今晚星星女孩．卡拉韋和他們一起在球場上。當他們在原地演奏時，她穿著檸檬黃色的洋裝，赤著腳，在草地上蹦蹦跳跳。她在球門柱和球門柱之間漫步。她像一陣塵捲風那樣旋轉身體。她假扮木頭士兵的樣子，僵直地行走。她假裝吹奏著笛子。她輕輕跳起，腳跟互碰。啦啦隊在場邊目瞪口呆地看著她的舉動。看台上有幾個人吹起口哨，其他人（不比樂隊多多少人）坐在那裡，一副「這是怎麼回事」的表情。

樂隊表演結束後退出球場。星星女孩留著不走。當球員們回到場上時，她在四十碼線旋轉身體。球員們進行一分鐘熱身運動。她加入他們的行列，做開合跳和原地跑步的動作。兩隊各排成一直線，準備踢下半場的開球。球已經被放在踢球座上，她卻還在場中。裁判向她吹哨子，指著她要她離開。但她非但沒有離開，反而衝上前抓起球，拿著它開始跳舞，抱著它旋轉和把它高舉在空中。球員們看著教練，教練們看著裁判們。裁判們吹起哨子，向她逼近。唯一在場的警察向場中央走去。她把球踢飛過客隊的休息區，然後跑離球場，跑出體育館。

每個人都歡呼起來。所謂的「每個人」包括觀眾、啦啦隊、樂隊、裁判、擺熱狗攤的家長、警察和我。我們猛吹口哨，在鋁製長凳上用力跺腳。啦啦隊驚喜地望著看台，因為這是她們歷來第一次聽到觀眾席有聲響。她們做了側手翻和後空翻，甚至疊了三層的疊羅漢。老一輩的人（這是就邁卡城這座年輕城鎮能有的「老」一輩來說）都說沒看過這麼熱鬧的場面。

◆

舉行下一場主場比賽時，有超過一千名觀眾出席。除了希拉蕊・金寶和韋恩・帕爾以外，幾乎所有人都來了。售票口大排長龍。點心攤的熱狗很快賣光。被派來維持秩序的警察多了一個。啦啦隊意氣風發。她們對著看台大喊：「給我E！」看台上的觀眾回喊：「EEEE！」E是我們的

6 中場表演通常有女儀仗隊和掌旗手參加。

球隊「電子隊」的縮寫，取名「電子隊」是為了向邁卡城的電子業致敬。

啦啦隊在第一節比賽結束前就表演完所有的套路。樂隊的演奏響亮而生氣勃勃。「電子隊」甚至有過一次達陣得分。看台上的人一直注意著球場邊緣上的體育館入口，注意著入口外頭被路燈照得微亮的黑暗。上半場結束時，大家的期望情緒越發高昂。樂隊整齊劃一地步入了場中。就連他們都在到處張望。

樂隊演奏了他們的樂曲。他們甚至形成了一個歪斜的小圓圈。他們似乎想要拖延停留在場上的時間，最後不甘願地回到場邊。球員們重新上場。他們一面做熱身運動一面東張西望。當裁判舉起手、吹響哨子示意下半場開始時，一股失望情緒掠過整間體育館。啦啦隊隊員人人垂頭喪氣。

她沒有來。

◆

接下來的星期一，餐廳裡發生了讓人震驚的事：染金髮的啦啦隊隊長

——美女馬洛麗．史迪威——和星星女孩坐同一桌。她們一起坐，一起吃飯，一起聊天，一起走出餐廳。到第六節課，一件事情傳遍了全校：星星女孩被邀請參加啦啦隊，而她答應了。

遠在鳳凰城[7]的人想必也聽到了我們這些七嘴八舌的聲音：她會像其他啦啦隊隊員那樣穿上制服嗎？她會表演啦啦隊的招牌加油動作和呼號嗎？找她入隊是所有啦啦隊隊員的願望還是隊長一人的主意？她們會不會吃味？

啦啦隊練習吸引了一大群人圍觀。那天我們至少有上百人站在停車場四周看她學習加油動作和呼號，看她穿著拓荒時代的長洋裝蹦蹦跳跳。

她用了兩星期練習。第二個星期過一半之後，她穿上了啦啦隊制服：剪裁合身的綠底白V領棉運動衫，綠白相間的百褶短裙。她看起來和其他隊員一模一樣。

儘管如此，在我們眼中，她不是真的啦啦隊隊員。她繼續彈烏克麗麗，

---

7 亞利桑那州首府。

對人唱生日快樂歌。在沒有比賽的日子，她繼續穿著長裙，把書桌布置成家的模樣。萬聖節當天，跟她同班的每個人都在書桌裡找到南瓜糖，沒有人需要問糖是誰送的。那個時候，我們大部分人都認定我們喜歡她這個人。我們發現自己期待來上課，期待看她會做出什麼怪舉動。她帶給我們話題。她很有娛樂性。

與此同時，我們又有所保留。因為她與眾不同。她獨樹一格。我們沒有可以拿來與她類比的人，沒有可以拿來衡量她的人。她是未知的領域。她不安全。我們害怕和她靠得太近。

另外，我想我們全都在等待看一件事情的後果。這件事情隨著每一天的過去越來越逼近。學校裡下一個生日的人輪到希拉蕊·金寶。

6

希拉蕊在前一天先發制人。午餐吃到一半，她從座位站起來，走向星星女孩。有半分鐘時間，她只是站在星星女孩椅子後面。除了廚房傳來的叮叮噹噹聲以外，餐廳內鴉雀無聲。只有星星女孩還在咀嚼。希拉蕊移動到她的側面。

「我是希拉蕊．金寶。」她說。

星星女孩抬起頭，面露微笑：「我知道。」

「我明天生日。」

「我知道。」

希拉蕊頓了一下，眼睛瞇成縫線。她伸出一根手指，指著星星女孩的臉說：「別想對我唱歌。我是在警告妳。」

只有坐得夠近的人聽見星星女孩低聲回答：「我不會對妳唱歌。」

希拉蕊掛著一個得意的笑容走開。

第二天從我們到達學校的那一刻開始，氣氛就緊繃得像仙人掌的刺一樣扎人。午餐時間鐘聲一響，我們就衝向教室的門。我們擠到取餐區，快速挑選餐點，然後迅速坐下。我們從來沒有動作這麼快速又這麼安靜。我們頂多喃喃細語，我們細嚼慢嚥，不敢吱吱響地嗑洋芋片，生怕聽漏了什麼。

先進餐廳的是希拉蕊。她像個入侵的將軍那樣，帶領著她的女生朋友們大步走進來。在取餐區，她把食物重重丟到托盤上。她瞪著收銀員看。當她的朋友在人群裡找尋星星女孩時，她惡狠狠地瞪著自己的三明治看。

韋恩·帕爾走了進來，坐在好幾張桌子之外，就像這一天連他也害怕希拉蕊。

星星女孩終於進來了。她直接走向取餐區，臉上像平常那樣掛著愉快微笑。她和希拉蕊好像都沒有注意到彼此的存在。

星星女孩吃著東西。希拉蕊也吃著東西。我們靜觀其變。只有時鐘在動。

一個廚房員工從輸送帶上方伸出頭大喊：「托盤！」

有個聲音向他吼回去：「閉嘴！」

星星女孩吃完了午餐。一如往常，她把食物包裝紙放到紙袋，拿到餐盤回收窗旁的紙類回收桶，丟了進去。回到座位之後，她拿起烏克麗麗。我們呼吸停頓。希拉蕊瞪著自己的三明治。

星星女孩開始彈彈哼哼。她站起來，在桌子之間遊走，邊彈邊哼。三百雙眼睛尾隨她的動靜。她走到希拉蕊的桌子，但沒有停下來，而是一直走到我和凱文和「熱椅」工作人員一起坐的桌子。她停下腳步，開始唱〈生日快樂歌〉，歌曲結尾是希拉蕊的名字。但她不是向著希拉蕊而是向著我唱。她站在我身旁，低頭看著我，邊微笑邊唱歌。我不知道我是應該低頭看我的手還是抬頭看她的臉，所以一下低頭，一下抬頭。我的臉熱得發燙。

當她唱完，學生們報以熱烈掌聲，打破本來的沉默。希拉蕊怒沖沖走出餐廳。凱文抬頭看著星星女孩，手指指著我，問了她每個人都必然會想問的問題：「為什麼是他？」

星星女孩歪著頭，樣子像是打量我，然後露出淘氣笑容，拉了拉我的耳垂，「他很可愛。」她說。說完就走了。

我有千百種感覺，但全集中在她的手在我耳朵留下的觸感——直到凱文也伸手來拉我的耳垂為止。「事情越來越有意思了。」他說，「我想我們該去阿契家了。」

7

阿契博爾德．哈普伍德．布魯貝克——我們都叫他阿契——住的房子裡滿是骨頭，有顎骨，有髖骨，有股骨。每個房間、每個櫃子和後門廊裡都放著骨頭。有些人會在屋頂上放貓石像，但阿契博爾德．哈普伍德的屋頂卻是放著「夢露」的骨骸——「夢露」是他死去的暹羅貓。在他的浴室坐下，你會發現自己面前是微微笑著的「桃瑞絲」的頭骨——牠是一隻史前的肉齒目動物。打開廚房裡放花生醬的櫥櫃，你會和一隻絕種狐狸的臉部化石打照面。

阿契不是精神異常。他是古生物學家，那些骨頭是他在美國西部各地挖到的。很多骨頭是他在閒暇時間找到，理所當然屬於他的；其他則是他為各間博物館收集，但偷偷放進口袋或背包裡的。「待在我家的冰箱比封存在某間博物館地下室的抽屜裡要好。」他這樣說。

當他不是在挖化石骨頭的時候，阿契是在東部的大學教書。他六十五歲退休。當他六十六歲時，他太太艾達去世。他在六十七歲帶著收藏的所有骨頭搬往西部，以便「和其他化石待在一起」。

有兩個原因讓他看中現在的房子：（一）它接近我們的高中（他自己沒有小孩，想要距離小孩近一點）；（二）因為「巨人柱先生」。巨人柱先生是一棵三十英尺高的仙人掌，聳立在後院工具棚屋旁邊。它的主莖高處有兩根支莖，一根向外平伸，另一根向右彎向上，就像是在揮手說：「ADIÓS！」[8] 這一根揮手的支莖在肘部以上是綠色，其他地方是褐色，已經枯死。主莖上大部分又厚又韌的皮已經脫落，皺巴巴地堆在巨人柱先生的大腳上，讓它看似褲子掉落。只有它的肋骨——一些拇指粗細的垂直纖維——讓它保持挺立。兩隻姬鴞在它的胸口築巢。

老教授常常對巨人柱先生說話，也常常對我們說話。他在亞利桑那州沒有教書執照，但這一點阻止不了他。每個星期六上午，他的家變成了學校，無論是四年級生或十二年級生，他一律歡迎。這裡沒有考試，沒有分數，沒有點名，是我們大部分人上過最棒的學校。教學內容應有盡有：他從牙膏到絳蟲無所不談，卻又能夠把它們共冶一爐。他把我們的組合稱為

「化石忠誠會」，給我們每人一條他自製的項鏈：墜子是塊小化石，串在一條皮繩裡。多年前，他對他的第一班學生說：「叫我阿契。」自此之後他沒有必要再交代。

那天晚餐後，我和凱文走路到阿契家。雖然正式上課時間是星期六早上，但只要是小孩，任何時間都會受他歡迎。「我的課何時何地都可以開講。」他說。

一如往常，我們在後門廊找到他。他坐在搖椅上一面搖一面看書。後門廊面對著馬里科帕山脈，浸淫在紅金色的落日餘暉中。阿契的白髮看起來也散發著自己的光芒。

他一看到我們便放下書。「歡迎，兩位同學！」

「阿契。」我們說，說完按照主人的期望，轉身和大仙人掌打招呼：「巨人柱先生好。」

我們在搖椅坐下，後門廊裡有多把搖椅。他問道：「兩位先生來找我

8 西班牙語的「再見」。

是談正經事還是來玩的？」

「有事情讓我們困惑。」我說，「學校裡來了一個新的女生。」

他笑了起來，「星星女孩。」

凱文的眼睛凸了出來。「你知道她？」

「知道她？」他說。他拿起菸斗，填入有櫻桃香甜味的菸草。他每次要講課或長篇大論談事情時都會這樣做。「問得好。」他點燃了菸斗。「應該這樣說，她在這後門廊裡已經坐過很多次。」白煙像阿帕契人訊號那樣從他的嘴角冒出。「我還在想你們什麼時候會開始問我她的事呢。」他咯咯笑了起來。「困惑……好字眼。她與眾不同，對吧？」

我和凱文又是笑又是點頭。這一刻我才意識到我有多渴望得到阿契的確認。

凱文大聲說：「她就像是別的物種！」

阿契一側頭，像是聽到某種罕見鳥類的叫聲。菸斗末端綻放著一個苦笑。一股甜香氣味在搖椅四周瀰漫開來。「正好相反，她和我們是一樣的。絕對是這樣。她比我們更像我們。我想，她是我們真正的樣子，或說是我們從前的樣子。」

阿契有時會用這種打啞謎的方式說話。我們並不是總是知道他的意思，但我們的耳朵不太在乎。我們只想要聽更多。隨著太陽開始落入群山背後，它點燃了阿契眉毛最後一道光芒。

「你們知道，她一直都是在家自學。後來她媽媽把她帶來我這裡。我猜想她是想從老師的角色喘喘氣。每星期一天，就這樣持續了四、五年——對，是五年。」

凱文指著阿契說：「她是你的產物！」

阿契噴出一口煙，微笑著說：「不是，她來我這裡之前就是那個樣子。」

「有人說她是從人馬座之類的地方來的外星人。」凱文說著說著，笑了起來，但又笑得不是那麼有把握。他心裡有一半相信她是外星人之說。

阿契的菸斗熄了。他把它重新點燃。「她絕不是外星人。如果說曾經有過地球人，那非她莫屬。」

「所以她不是假扮的？」凱文問道。

「假扮？如果說有人在假扮，那就是我們。她真實得就像——」說著向左右望望，然後拿起「巴尼」的楔形小頭骨——牠是六千萬年前古新世的嚙齒動物。「她真實得就像巴尼。」

我對於自己也曾得出過一樣的結論感到一陣小驕傲。

「但她的名字也是真的嗎？」凱文問，身體向前傾。

「她的名字？」阿契聳聳肩，「每個名字都是真的。那是名字的本質。第一次來我這裡的時候，她喊自己『口袋鼠』。後來改叫『泥餅』。然後是……是什麼來著？應該是『赫利加利』。現在則是——」

「星星女孩。」我把這四個字說得很輕，我覺得喉嚨很乾。

阿契望著我：「只要有什麼引發她的想像力，她就會喊自己什麼。人的名字不應該就是這個樣子嗎？為什麼人要一輩子守著一個名字？」

「那她父母又是怎樣的？」凱文問。

「什麼怎樣的？」

「他們怎麼想？」

阿契聳聳肩。「我猜他們贊成。」

「他們在做什麼？」凱文問。

「呼吸，吃飯，剪腳趾甲。」

凱文笑了：「你知道我的意思。我是問他們做什麼工作。」

「直到幾個月前，卡拉韋太太都是星星女孩的老師。我知道她也幫電影製作服裝。」

凱文戳戳我。「怪不得她有那麼多奇裝異服可穿！」

「至於她爸爸查爾斯．卡拉韋——」阿契說，說著露出一個笑容，「他還能在哪裡工作？」

「邁卡電子公司。」我倆異口同聲地說。

我帶著驚訝的口氣，因為我本來以為是比較怪異的工作。

凱文問她是從哪裡搬來的。

在邁卡這樣年輕的城鎮，這是很自然會問的問題。幾乎每個人都是在別的地方出生。

阿契的眉毛上揚。「問得好。」他深深吸了一口菸。「有些人會說是明尼蘇達，但在她的情況……」他吐出一口煙，臉隨即被灰色的煙霧遮住。清新的霧靄遮蓋了夕陽，彷彿有人在馬里科帕山脈烤櫻桃。「我會說她是出生在『稀有之地』。」

「阿契，」凱文說，「你的說法讓人糊里糊塗。」

阿契笑了：「我有不是讓人糊里糊塗的時候嗎？」

凱文跳了起來。「我想找她上『熱椅』，但笨蛋里歐卻不肯。」

阿契透過煙霧打量我，我以為他會贊成我的想法，但他只是說：「再商量看看吧，兩位。」

我們一直聊到天黑。我們向巨人柱先生說再見。我們往外走的時候，阿契說（我認為更多是對我而非對凱文說）：「透過你的問題，你將會更認識她，而不是透過她的答案。長時間觀察她，有一天你也許會從她身上看見某個你認識的人。」

8

轉變發生在感恩節前後。到了十二月一日，星星女孩已經成了學校裡最受歡迎的人物。

事情是怎麼發生的？

是因為她在啦啦隊的表現嗎？

本季最後一場美式足球比賽是她第一次上場當啦啦隊。大看台上擠滿了人：有學生，有家長，有畢業校友。從來沒有過這麼多人為了看一個啦啦隊隊員而出席球賽。

她做了所有招牌加油動作，而且不僅止於此。事實上，她始終沒停止加油打氣。當其他女孩休息時，她繼續蹦蹦跳跳和喊叫。她四處走動。那些一向受到忽略的地帶——大看台的兩端、球門柱後方的觀眾席、擺零食攤的家長們——發現他們和一個啦啦隊隊員一起手舞足蹈。

她又跑過五十碼線，加入客隊的啦啦隊。看見她們目瞪口呆的樣子，我們放聲大笑。她又跑到客隊球員休息區前面加油，結果被一名教練趕走。中場休息時間，她跑到樂隊中間彈她的烏克麗麗。

下半場開始時，她表演側手翻和後空翻。球賽一度被迫暫停，三個穿斑馬條紋T恤的裁判跑向其中一邊的達陣區。原來她爬上了球門柱，像是走鋼索那樣走到橫木中間，站在那裡，舉起雙手擺出宣布達陣的手勢。她被叫了下來，但觀眾起立鼓掌，閃光燈閃個不停。散場離開時，我們沒有人提比賽有多麼枯燥無味，沒有人在意「電子隊」再次輸球。在第二天的《邁卡時報》，體育版主編在他的專欄裡稱星星女孩為「球場上的最佳球員」。我們翹首企盼籃球季的來臨。

是因為大家對希拉蕊．金寶的行徑的反彈嗎？

生日快樂歌事件發生的幾天後，走廊上傳來大叫聲：「不！」我跑上前。一群人圍在樓梯井四周，全盯著某樣東西看。我擠過人群，只見希拉蕊站在上層樓梯間，咧著嘴笑。她手裡拎著小老鼠「肉桂」的尾巴，讓牠懸空在樓梯扶手之外，一掉下去就會直墮一樓地面。星星女孩站在下面的樓梯，抬頭看著這一幕。

所有人靜止不動。然後上課鈴響起。仍然沒有人移動。星星女孩沒有說什麼，只是看著。「肉桂」兩隻前爪的八隻腳趾分得大開，一雙小眼睛眨也不眨，凸了出來，黑得像丁香。一個聲音再度響起：「不要這樣，希拉蕊！」希拉蕊突然鬆手。有人尖叫起來。但老鼠只是落在了希拉蕊的腳邊。她向星星女孩射去一個冷笑，然後離開。

是因為朵麗．狄爾森的緣故嗎？

朵麗．狄爾森是九年級生，有著一頭棕髮，總是在一本有她半個人高的活頁筆記簿上寫詩。在她那天和星星女孩坐在一起吃午餐前，沒有人知道她的名字。第二天，那一桌坐滿了人。自此，星星女孩吃午飯時不再是單獨一人，走過走廊或在學校裡做任何事時，也不再是單獨一人。

是因為我們的緣故嗎？

是我們改變了嗎？為什麼希拉蕊不把那隻老鼠摔死？她是從我們的眼睛裡看出什麼了嗎？

不管理由何在，到我們結束感恩節假期回校上課時，轉變都已經明顯發生。突然間，星星女孩變得不再危險，大家都急著親近她。「星星女孩！」——這招呼聲在走廊裡此起彼落。她的名字我們喊再多次都覺得不夠。我們超愛向陌生人提她的名字和觀察他們臉上的表情。

女生喜歡她，男生喜歡她，而且最神奇的是，包括害羞內向的人、大小姐、運動好手和書呆子在內，所有人都對她注目。

我們用模仿來推崇她。餐廳裡出現了一堆彈烏克麗麗的人。花朵出現在教室很多書桌上。有一個雨天，十幾個女生跑到操場跳舞。邁卡商場寵物店的老鼠被人買光。

讓我們表現景仰之意的最好機會出現在十二月第一週。我們聚集在禮堂，當一年一度演講比賽的聽眾。比賽是由「亞利桑那州女性投票人聯盟」贊助，任何想表現演講才能的高中生都可以參加。參賽者有七分鐘時間暢所欲言。得勝者可以晉級區域賽。

「適中」的演講比賽通常只有四、五個學生參加。但今年卻有十三人，其中之一是星星女孩。雖然沒有評審身分，我們一樣看出來她的演講遠勝其他人。她的演講生動活潑，題目是「姬鴞，直呼我的名字」。她穿的灰褐色農婦裝完全切合演講主題。我從聽眾席看不見她的雀斑，但想像雀斑隨著她搖頭晃腦而在她的鼻頭上跳舞。她講完之後，我們又跺腳又吹口哨，大喊「安可」。

當評審們裝模作樣地討論參賽者的優劣時，禮堂裡播放了一部紀錄短片，內容是有關去年的州總決賽。主角是比賽冠軍——一個來自尤馬的男生。影片的高潮不在比賽期間，而是在比賽之後。當那個男生回到尤馬高中時，全校的人都擠在停車場裡歡迎：有布條，有啦啦隊，有樂隊，有五彩紙屑，有彩帶。凱旋的英雄被大家扛在肩上抬進學校，雙手在空中揮舞。

影片播完後亮起了燈光。評審宣布星星女孩獲勝。她將會參加在紅岩城舉辦的區域賽。州總決賽定於四月在鳳凰城舉行。我們一遍又一遍地歡呼和吹口哨。

這就是我們在那一年最後幾個星期給予她的喝采。不過，同時我們也給予了自己一些什麼……

9

索諾拉沙漠有許多水坑，但你可能站在其中一個的中央而不自知。因為這些水坑通常是乾的。你也不會知道就在你的腳底之下幾英寸，有青蛙正在睡覺。牠們的心跳率減緩至一分鐘只有一或兩次。牠們躺在那裡休眠和等待。因為這些泥蛙沒有了水，生命就不完整，就不是完全的自己。有好幾個月的時間，牠們就這樣在地底下睡覺。然後當大雨降臨，幾百雙眼睛就會從泥土裡探出，而到了夜晚，蛙鳴聲會響徹月光映照的水面。

能夠看見自己身在其中是美妙的事：我們就像泥蛙那般紛紛甦醒。我們開始注意各種小地方。那些被以為已經絕種的貼心小行為、小話語和小同理心復活了過來。多年來，我們像是陌生人那樣在走廊上擦肩而過，但現在我們會相視，會點頭，會微笑。如果誰拿到A，其他人會歡慶。如果誰扭到腳踝，其他人會感到痛。我們知道了別人眼珠是什麼顏色。

這是一場她領導的革命——一場以開創而非推翻為目的的革命，是為了我們這些休眠太久的泥蛙而發起。

以前從來沒有聲音的學生開始在課堂上發言。十二月號學生報的「讀者投書」多至占滿一整版。有超過一百個學生參加「春季劇」的選角。有一名學生創辦了攝影社。另外有個學生換掉運動鞋，改穿「巴吉度獵犬」休閒鞋。一個樸素靦腆的女生把腳趾甲塗成黃綠色。有個男生染了一頭紫髮來上課。

這些轉變並沒有被公開發布。沒有機上廣播，沒有電視報導，沒有《邁卡時報》的頭條：

邁中學生醒過來
自我獨特秀出來

但是它就是存在，就是正在發生。我習慣透過鏡頭來看事情，而我看得見它。我可以在自己身上感受到這種變化。我感覺變輕盈，鬆開桎梏，就像卸下了本來背負的重擔。但我不知道要為此做些什麼。我的解放沒有方向。我沒有想要染頭髮或丟掉運動鞋的衝動。所以我只是享受解放的感覺，饒感趣味地看著一度單調乏味的學生群體分化為幾百個個體。代名詞「我們」看來已經破裂，四散為許多碎片。

弔詭的是，就在我們發現自我的同時，一個新的集合體又出現了：一個有生命力、雄糾糾和之前不存在的集合體。它讓體育館天花板迴盪著生命力十足的回聲：「電子隊加油！」它使得噴水池裡的水花閃耀著光芒。在節日的學校集會，它使得校歌的歌詞振翅高飛。

「這真是一個奇蹟。」我有一天對阿契脫口而出說。

阿契站在他的後門廊邊緣。聽到我的話，他沒有轉身，只是慢慢取出雙唇之間的菸斗。他開始說話，但就像是對著巨人柱先生或遠方火紅的山脈說。

「最好不是奇蹟。」他說，「奇蹟的缺點在於它們總是無法維持太久。」而壞事的缺點是你無法靠睡覺躲過去。

十二月和一月的那幾個星期是個黃金時期。我又憑什麼得知，當黃金時期結束，我會身在暴風正中央？

10

我反對讓星星女孩上「熱椅」的所有理由皆已消失。

「好吧，」我對凱文說，「動手做吧。安排她上節目。」他動身時，我拉住他手臂，「等一下——先問過她。」

他笑了。「好。聽你這口氣就像她會拒絕似的。」

從來沒有人拒絕接受「熱椅」的訪問。任何對隱私或尷尬問題的擔心都會屈服在能上電視露臉的誘惑之下。如果有誰能夠抗拒這種誘惑，我猜非星星女孩莫屬。那天放學後，凱文來找我。他豎起大拇指，笑容可掬地說：「搞定了。她答應了。」

我一開始對此感到驚訝，因為這不符合我對她的印象。我不知道這是我即將了解更多的一個事實的最初透露：在她讓人眼花撩亂的才藝和特立獨行背後，她要比我以為的接近平常人得多。

我接下來的反應是興高采烈。我們又是叫好又是擊掌，預期新一集的

「熱椅」將是最受歡迎的一集。

當時是一月中。我們把訪問日期定在二月十三日，也就是情人節前一天。我們想要有一整個月時間準備。隨著抗拒感的消失，我現在全心投入籌備工作。我們計畫了一個宣傳攻勢。我們找來美術班的學生製作海報。我們不時想些供凱文提問的問題，寫在本子上，以防「陪審團」錄影時絞盡腦汁想不出問題問（雖然發生這種情況的機率微乎其微）。我們並不需要像往常一樣張貼徵求「陪審團」成員的海報，因為有幾十個學生毛遂自薦。

然後事情又有了變化。

◆

學校操場有一塊五英尺高、嗶嗶鳥造型的膠合板。那是給學生專用的告示板，總是用膠帶或大頭針張貼著各種留言和公告。有一天，我們發現「嗶嗶鳥」上貼了一張紙，紙上列印著以下文字：

「我謹宣誓效忠美利堅烏龜聯盟及婆羅洲之水果蝙蝠，那是銀河系之中的星球，不可思議，平等與黑豆捲餅全民皆享。」

最底下是一行手寫的字：「這就是她念的『效忠誓詞』[9]。」

不需要有人來告訴我們「她」是指誰。顯然，當我們每日在教室念「效忠誓詞」時，有人偷聽到她的念法。就我所知，「邁中」的學生並沒有特別愛國。我沒聽到有人說告示板上的誓詞讓他們覺得被冒犯。有些人還覺得它好玩。有些人吃吃笑，心照不宣地點頭，好像在說：她就是這個德性。第二天早上，有不只一個學生被人聽到用新的「誓詞」宣誓。

幾天之後，一個新的故事就像野火般在學生中間流傳開來。有個叫安娜·格里茲代爾的高年級女生的外公在久病後去世，喪禮在一個星期六早上舉行。一開始，一切無甚特別：教堂裡的人群、亮著車頭燈的車隊、聚在墓前要向死者最後道別的一小群人。在簡短的葬禮儀式之後，禮儀師發

9 「效忠誓詞」的內容原作：「我謹宣誓效忠美利堅合眾國國旗及效忠所代表之共和國，上帝之下的國度，不可分裂，自由平等全民皆享。」

給每人一枝長柄花。離開前所有哀悼者把花丟在棺木上。安娜．格里茲代爾就是這時候注意到，星星女孩也在送葬者的行列。

正在哭的安娜看見星星女孩也正在哭。她好奇星星女孩是不是也有到過教堂。猶有甚者，她納悶星星女孩為什麼會來葬禮。難道她是外公的朋友但安娜卻不知道？安娜媽媽也問她那個陌生女孩是誰。

葬禮結束後，哀悼者受邀到安娜家用午餐，去了大約三十人。安娜家準備了一席自助餐，有冷盤、沙拉和餅乾供應。星星女孩也去了。她和死者家屬們聊天，但沒有吃喝任何東西。

突然間，安娜聽見媽媽的聲音。這聲音並沒有比較響亮，但語氣卻明顯不同，「妳在這裡做什麼？」

各種聲音頓時安靜下來。每個人都望向這個方向。

安娜從沒有看過媽媽這樣生氣。格里茲代爾太太和父親很親，還在主屋旁邊蓋了邊間，讓父親有時可以來住住。

她低頭瞪著星星女孩，「回答我。」

星星女孩沒有回答。

「妳根本不認識他，對吧？」

星星女孩還是不發一語。

「對吧？」安娜媽媽用力打開大門，手指指著門外，像是要把她驅逐到沙漠。「離開我家。」

星星女孩走了。

丹尼．派克九歲大，喜歡騎生日時家人送他的腳踏車。有一天放學後，他騎車時失去控制，撞到郵筒，撞斷了腿。但這還不是最糟的。傷口形成了血栓，他被直升機送到鳳凰城的兒童醫院接受手術。起初情況十分危險，但手術最後成功。不到一星期，他便出院了。

《邁卡時報》報導了這件事，也報導了丹尼回到皮南街的家時受到的熱烈歡迎。報紙上那張五欄寬的照片顯示丹尼坐在父親肩膀上，四周圍繞著一大群鄰居。照片前方是一輛新的腳踏車，上面掛著一個大牌子，寫著：

歡迎回家，丹尼。

幾天後，這張頭版照片出現在「嗶嗶鳥」告示板上。有人在照片上用紅色麥克筆畫了一個箭頭，指向人群中的一張小臉。那是一個女孩的臉，她笑逐顏開，就像死裡逃生的丹尼．派克是她的弟弟。她就是星星女孩。

那輛新的腳踏車也是一宗懸案。

派克家的所有人——爸爸、媽媽、爺爺、奶奶和其他人——都以為是家裡的某個人買了新腳踏車給丹尼。幾天後他們才非常驚訝地發現，他們當中誰也沒有買。

那麼腳踏車又是打哪裡來的？對此，聽過這件事和看過照片的高中生都再清楚不過。但派克一家顯然並不知道原委。腳踏車成了全家爭吵的源頭。派克先生很生氣，因為每個人都不承認腳踏車是他們買的（他八成也是因為腳踏車不是他自己買的而生氣）。派克太太很生氣，因為她絕不允許丹尼再次騎腳踏車——至少一年內不准。

一個晚上，那輛沒人騎過的嶄新腳踏車被丟在派克家門前的垃圾桶旁，第二天垃圾車來過之後就不見了。丹尼得到一枝ＢＢ槍作為代替。

「效忠誓詞」、安娜·格里茲代爾家的葬禮和丹尼·派克事件——這幾件事都被大家注意到了，但它們沒有立刻影響到星星女孩在學校的人氣。不過，在啦啦隊和男生籃球季發生的事就不一樣了。

11

在每場主場比賽的第一節，星星女孩都會跑到客隊區，為對方加油。

她以誇張的拍球動作展開序幕：

運球，運球！
小妹來加油！
我們不咬人！
我們不酸人！
我們只是要問——
（說著做出捲浪動作）
「你們好嗎，朋友！」
（以兩根拇指指著自己胸口）
「我們是電子隊！」

（指著他們）

「你們——是——誰——呢？」

（頭歪一邊，手放耳邊作聽筒狀）

兩、三個客隊的啦啦隊隊員或一、兩個客隊的球迷會大聲回答：「夜貓隊！」或「美洲獅隊！」之類。但他們大多數人會目瞪口呆看著她，彷彿在說：「這是誰呀？」她的啦啦隊隊友有些覺得好玩，有些覺得丟臉。

那時候，唯一可指責星星女孩犯的錯誤就是她太老套。但她沒有止於此。不管是哪一隊投的球，她只要球一進籃就會歡呼。於是就出現了最奇怪的景象：當另一隊得分，「邁中」的人全都悶不吭聲坐著時，獨星星女孩一人跳上跳下，歡呼起舞。

起初其他啦啦隊隊友想要阻止她，但就像想要讓一隻小狗安靜下來那樣徒勞無功。當初啦啦隊發給她一件百褶裙的時候，可完全想像不到她們會創造出一個怎樣的啦啦隊隊員。她不只在籃球比賽時是如此。她任何時候都可能對任何人或為任何事歡呼。她會為大事歡呼（例如為獲得表揚的人歡呼），但她大部分時候都把注意力放在小事上。

你永遠不知道這種事會何時發生。也許你只是個叫艾迪的沒沒無聞九年級生，當你走在走廊上，發現地上有張糖果紙。你把它撿起來，丟進最近的一個垃圾桶。突然間，她出現在你面前，揮舞著雙手，蜂蜜色的頭髮和雀斑飛舞著，一雙大眼睛把你整個人吞沒，又大聲唱出即興創作的口號，像是「艾迪和垃圾桶聯手剷除垃圾」。接著人群開始聚集，合著節拍拍手，看著你的眼睛比以前你一輩子加起來的都多。你覺得自己很蠢很笨，整個人毫無遮掩地暴露在外。你想要尾隨那張糖果紙進入垃圾桶。發生在你身上的是你遭遇過最痛苦的事。你的腦袋不斷冒出一個念頭：**我要去死……我要去死……**

所以，當她終於把你讚美個夠，雀斑終於回落到鼻梁上的時候，你為什麼沒走？你為什麼沒一死了之？

因為他們為你鼓掌，這就是理由。你可曾聽過有人因為別人為他鼓掌而尋死的？況且他們還對你微笑。以前從沒有正眼看你的人現在對你微笑、拍你的背和握你的手。突然間，好像全世界都在喊你的名字。這種感覺是那麼美好，讓你在從學校回家的路上整個人輕飄飄。那天晚上，當你上床睡覺，你睡著前最後看見的是那些眼睛，而最後出現在你臉上的表情是微笑。

又或者你是戴著別致耳環來上學，又或者你是測驗拿A，又或者你終於可以取下牙套。又或者你根本不是一個人：也許你是某個藝術天才在牆上畫的炭筆畫，或是腳踏車停車架上一隻賞心悅目的小蟲子。

我們搖搖頭，一致認為她是個傻女孩或真的是瘋了。但當我們笑著走開時，雖然也許沒有說出來，但想到的都是同一件事：得到讚美的感覺真好。

如果這種情形是發生在其他任何一年，那世界也許就會繼續照這樣運轉下去。只不過今年的籃球場上卻發生了一件難以置信的事：我們的校隊一直贏球。只贏不輸。

這一點改變了一切。

球季初期沒有人注意到這件事。除了女子網球以外，我們從來沒有能看的校隊。我們料定會輸球，也對輸球不以為意。事實上我們大部分人對輸贏渾然不知，因為我們甚至沒有去看比賽。

籃球校隊「電子隊」去年在二十六場比賽中只贏了五場。但今年，他們在聖誕節前已經贏了五場。到了一月初，他們贏了第十場，而人們開始注意到，「電子隊」的輸球場數迄今是零。

「所向無敵！」有人在「嗶嗶鳥」貼出這張告示。有人說電子隊贏球只是靠運氣。有人說電子隊贏球是因為別的隊剛好更爛。有人認為那告示只是在嘲笑。但有件事是千真萬確：看球人數不斷增加。到了二月初連勝到達十六場的時候，體育館已座無虛席。

但是還有比這更奇妙的事情發生了。我們突然變得不再能夠安於輸球。事實上，我們忘了如何輸球。這種轉變快得讓人驚訝，沒有學徒階段，沒有學習曲線。用不著有人教我們怎樣當贏家。前一天我們還是冷漠和安於現狀的輸家，但現在卻成了狂熱分子，在觀眾席上跺腳，把臉塗成綠白兩色，像練習多年那樣大跳波浪舞。

我們愛上我們的球隊。談到它的時候，我們用代名詞「我們」而不是「他們」。得分王布蘭特·艾斯里走過校園的時候，身上像是散發著光暈。我們越愛我們的校隊，就越討厭對手隊伍。以前我們只是嫉妒他們，會為了羞辱我們無藥可救的校隊而為他們鼓掌。現在我們討厭對手隊伍和他們的所有一切。我們討厭他們的制服，討厭他們的教練和球迷。我們討厭他們，是因為他們想方設法破壞我們完美的球季。我們痛恨他們得到的每一分。他們竟然還敢歡呼雀躍。

我們開始發出噓聲。這是我們第一次噓人，但你一定以為我們是老手。我們噓對手隊伍，噓他們的教練，噓他們的球迷、裁判。無論是誰威脅到我們完美的球季，我們都噓。

我們甚至噓記分板。我們討厭到最後一刻才分出勝負的比賽。我們討厭懸疑。開賽五分鐘便定江山的比賽是我們的最愛。我們想要的不只是贏球，還是大屠殺。唯一能夠讓我們完全滿意的得分是一百比零。

然而，有個人梗在這種完美球季狂熱的正中央：星星女孩。因為只要有人灌籃得分，她就會跳起來歡呼喝采，才不管得分的是哪一隊。一月的某個時候，看台上開始有人向她高喊：「坐下！」接著是噓聲。但她看似沒有注意到。

她看似沒有注意到。

在星星女孩所有不尋常的特質中，這一點讓我感到最為奇特——壞事影響不了她。不，應該說是發生在她自己身上的壞事影響不了她，但她對發生在我們身上的壞事卻很在意。當我們受傷、當我們不開心或受到打擊時，她好像馬上就會知道。但當壞事發生在她身上（例如聽到不友善的話、遇到惡意的瞪視或腳上起水泡），她看來就會不知不覺。我從沒有看過她照鏡子，從沒有聽過她抱怨。她的一切情感和關心都是指向外在對象。她沒有自我可言。

籃球季的第十九場比賽在紅岩城舉行。在前幾年的客場比賽中，啦啦隊的人數都多過「邁中」的球迷。但這一次可不同了。那天傍晚，開在沙漠公路上的汽車連綿兩英里。我們都入座以後，地主隊的球迷已幾乎沒有位子可坐。

那是當年最慘烈的一場痛宰。紅岩隊焦頭爛額。到了第四節開始，我們以七十九比二十九領先。看見教練換上替補球員時，我們噓聲大作。我們想要血流成河。教練見狀，讓先發球員重新上場。當我們在觀眾席歡聲雷動時，星星女孩站了起來，走出了體育館。有注意到她這個動靜的人都以為她上洗手間去了。我反覆用眼角斜睨出入口。她沒有再回來過。在比賽結束前五秒鐘，「電子隊」得到第一百分。我們樂瘋了。

整段時間，星星女孩都在外頭和校車司機聊天。其他啦啦隊隊員問她為什麼離開，她說她為紅岩隊感到難過。她覺得她繼續加油只會讓比數拉開得更大。這樣的比賽毫無趣味。「妳的工作不是找樂趣，」她們告訴她，「而是為『邁中』校隊加油。在任何情況中都是如此。」星星女孩沒有說話，只是瞪著她們。

球隊和啦啦隊坐同一輛校車。球員走出更衣室時，啦啦隊隊員告訴他們發生了什麼事。他們決定捉弄星星女孩。他們告訴她，有人把東西忘了在體育館，麻煩她幫忙去拿。星星女孩去了之後，他們告訴校車司機所有人到齊。於是校車便在沒有星星女孩的情況下踏上兩小時的歸程。

那天晚上，紅岩高中一個工友開車送她回家。第二天在學校裡，啦啦隊隊員告訴她，事情完全是誤會，又裝出很抱歉的樣子。她相信她們的話。

第二天是二月十三日，也就是錄製「熱椅」的日子。

12

「熱椅」是這樣錄製的。

錄製地點是交流中心的攝影棚。舞台上有兩張椅子，一張是大名鼎鼎的「熱椅」（漆成紅色，椅腳上繪著向上竄升的火焰），另一張是供主持人凱文坐的普通椅子。舞台旁邊有兩排椅子，一排六張，第二排比第一排高。那是「陪審團」的座席。

「陪審團」只是個名稱。它的十二個成員不會投票或做出判決。他們的工作是問問題——整人的問題、讓人尷尬的問題和好管閒事的問題，但不是刻薄或有傷害性的問題。設立「陪審團」是為了讓受訪者坐立難安而不是給他死。

為了模仿審訊，我們把受訪者稱為被害人。那為什麼會有人願意當被害人？是因為電視的誘惑力，是為了有機會在同儕（而非父母）面前和盤托出或撒謊。但我懷疑這些普通的理由並不適用於星星女孩。

一共有三部攝影機：一部對著舞台，一部對著「陪審團」，最後一部叫「奇可」，是手提特寫攝影機。我們的指導老師羅比諾先生說，以前有個叫奇可的學生請求讓他操作特寫攝影機。羅比諾老師讓他一試。但奇可太瘦了，幾乎被攝影機壓垮。這工作改由別人擔任，而奇可上健身房鍛鍊。翌年，奇可練出肌肉，攝影機在他肩膀上幾乎毫無重量可言。他因此得到這工作，而且幹得很出色。他以自己的名字命名攝影機，又對它說：「我們是一體的。」畢業後，他的名字流傳了下來，「奇可」便成了特寫攝影機和操作者的聯合外號。

主持人和被害人身上都夾著小型麥克風。「陪審團」則共用一枝手提麥克風。舞台對面是用玻璃隔開的控制室，裡面完全隔音，聽不到攝影棚的任何聲音。我就是在控制室裡工作。我戴著耳機監看螢幕，指揮攝影機。我站在技術指導的肩膀旁邊，他面前是一堆按鈕，會按照我的指示切換畫面。控制室裡還有負責影音的人員。羅比諾老師是校方派來的監督，但基本上所有工作都是由學生包辦。

凱文的職責是開場：介紹被害人，問幾個開場問題，在陪審團太慢進入狀況時炒熱氣氛。但「陪審團」通常都很靈光。他們會問的典型問題包括：「你會為你身高這麼矮煩惱嗎？」「你真的是喜歡某某人嗎？」「你希望自己長得好看一點嗎？」「你多久洗一次澡？」

這些問題總是能夠增加娛樂效果。當半小時時間結束、我們開始播出工作人員名單和結尾音樂時，氣氛總是相當愉快。所有人——被害人、「陪審團」和工作人員——恢復學生身分。

我們放學後錄製節目，當晚於黃金時段在有線電視播出。收視戶大概有一萬戶。根據我們的調查，有五成「邁中」的學生收看我們的節目。我們的收視率擊敗大部分的情境喜劇。我們預料，訪問星星女孩的一集將會有九成的「邁中」學生收看。

但是我有一個祕密：我希望沒有人會收看。

在籌備這一集的那一個月裡，星星女孩的人氣跌到了谷底。餐廳裡不再有人彈烏克麗麗。越來越多學生認為她在啦啦隊的舉動是在扯我們籃球隊和它的完美紀錄的後腿。我害怕喝她倒采的噓聲會從球場蔓延到攝影棚。我擔心「熱椅」會變成一場災難。

星星女孩放學後來到攝影棚。凱文向她做循例簡報，我和羅比諾老師檢查設備。陪審員三三兩兩進場。他們不像往常那樣到處嘻嘻哈哈或在舞台上跳踢踏舞，而是直接入座。星星女孩是在場唯一跳踢踏舞的人。她又向攝影鏡頭比鬼臉和讓老鼠「肉桂」舔她的鼻子。凱文哈哈大笑。但陪審員臉色凝重，他們其中之一是希拉蕊・金寶。我的不祥預感越來越強烈。我走入控制室，關上門，檢查攝影機的訊號。一切準備就緒之後，凱文和星星女孩坐了下來。我看了分隔控制室和攝影棚的玻璃最後一眼。接下來半小時，我將會透過四個螢幕看世界。「好了，各位，」我宣布說，「開始。」我切掉和攝影棚通訊的麥克風。我打量控制室裡的夥伴。「都準備好了嗎？」每個人都點頭。

就在這個時候，星星女孩抓住「肉桂」一隻前爪，對著控制室揮動幾下，用尖細的嗓音說：「嗨，里歐。」

我呆住了，方寸大亂。我不知道她知道我的名字。我像個傻瓜那樣呆若木雞。最後我向老鼠晃了晃手指，用口型說了句：「嗨，『肉桂』。」不過在玻璃另一邊的他們不會聽見我的聲音。

我深吸一口氣。「好，音樂準備，開場白準備。」我說，頓了一下之後又說：「音樂，開場白。」我人生就是為這一刻而活：展開節目。我是導播，是大指揮家，主導著一切。在電視螢幕上，我看著節目按照我的指令展開。不過在這一天，這一切帶給我的興奮感不見了，有的只是沿著電線向我爬來的忐忑不安。

「大家好……歡迎收看『熱椅』……」

凱文一口氣說出他的制式開場白。凱文酷愛上鏡頭，是這種類型節目的理想主持人，因為那正好可以讓他盡情發揮他的假笑和他那表示「我沒有聽錯吧？」的挑眉動作。

說完開場白之後，他轉身面向星星女孩。出於即興，他伸手摸一摸她肩上的「肉桂」的鼻子。「想要抓抓牠嗎？」她問。

凱文對著鏡頭露出「我該這樣嗎？」的表情，然後說：「當然。」

「『奇可』準備，拍老鼠。」我對著耳機的麥克風說。

「準備」總是最一開始下達的指令。

「奇可」將鏡頭推近。

「『奇可』開始。」

技術指導將畫面切換到「奇可」。攝影鏡頭跟著「肉桂」從星星女孩手上移到凱文手上。老鼠才一去到凱文大腿，便竄到他的胸口，從兩顆鈕扣之間鑽進襯衫裡。凱文扭動身體和尖叫：「牠在抓我。」

「那是因為牠有指甲的關係。」星星女孩平靜地說，「牠不會傷害你。」

「奇可」捕捉到「肉桂」從兩顆鈕扣之間探出頭的畫面。羅比諾老師對我豎起大拇指。

凱文對鏡頭擺出一個「我不是蓋的」的表情，然後再次轉頭面對星星女孩。「妳可知道，自從妳今年來了這學校，我們一直想邀妳上『熱椅』。」

星星女孩瞪著凱文，然後轉向攝影鏡頭，眼睛越睜越大。

有什麼事正在發生。

眼睛睜得更大了。

「『奇可』！」我大喊。

「奇可」靠近，採取一點點仰角拍攝。太棒了。

「近點，再近點。」我說。

星星女孩吃驚的雙眼幾乎占滿整個畫面。我察看遠鏡頭螢幕，看見她全身僵硬，就像是觸電。

有人拍拍我肩膀，我轉過頭，看見是羅比諾老師。他笑著說了些什麼，我拉起一邊的耳機。「她在**開玩笑**。」他重複說了一遍。我忽然明白了她是按照「熱椅」的字面意義表演。她演得活靈活現。按照凱文和「陪審團」茫然的眼神判斷，只有我和羅比諾老師領略這個玩笑。

現在星星女孩雙手從「熱椅」的扶手抬了起來。

「一號機準備。」我下令說。「一號機開始。」

一號攝影機剛開始搞不清楚狀況，但現在已經用遠鏡頭對準她手指張開的手。你幾乎看得見她的指尖在冒煙……

「再一下下，」我在心裡祈求說，「再一下下。」

她惶恐的眼睛向下望向「熱椅」的側邊，看見塗在上頭的火焰。

「咿咿咿咿咿咿咿啊！」

她的尖叫聲讓量音器的指針像颶風中的棕櫚樹一樣彎了腰。老鼠從凱文的襯衫跳了出來。電視畫面隨著一號機攝影師的受驚嚇而抖動，但他隨即恢復鎮定，捕捉住星星女孩站在舞台邊緣的畫面。只見她彎著腰背對鏡頭，用雙手去驅散屁股上冒出的「煙」。

凱文終於懂了。他笑翻了。

「一號機，向後拉，把凱文帶入鏡。準備，一號機。」

只見凱文笑彎了腰，從椅子上跌下來，跪在了舞台上。他的笑聲充滿了控制室。老鼠沿著他的手跳下了只有一階台階的舞台……

「拍老鼠！」我大喊，「二號機，拍老鼠！」

但二號機拍不到老鼠，因為老鼠繞著二號機攝影師的腳打轉，嚇得他丟下攝影機跑開。

「『奇可』，拍老鼠！」

「奇可」馬上俯衝，躺在地板上拍到了老鼠竄向「陪審團」的精彩畫面。只見「陪審團」成員大驚失色，爭先恐後爬上椅子。

我根本來不及喊「準備」，因為事情發生得太快。攝影機滿場跑，讓螢幕影像不斷變換。我大聲喊出指令。技術指導像重搖滾樂團鍵盤手那樣用力敲打控制面板。

星星女孩的默劇演出是我所看過中最棒的。羅比諾老師反覆捏我肩膀。

正如他後來說的，那是「熱椅」製作史上最精彩的一刻。

但由於接下來發生的事，沒有觀眾有眼福看到這一幕。

13

一切在一分鐘內恢復正常。星星女孩找回「肉桂」，若無其事地坐回椅子上，就像什麼都沒有發生過。凱文眼睛裡閃耀喜悅的光芒，屁股在椅子裡動來動去。他急不及待要開始訪問。「陪審團」也是急不及待，但他們眼睛裡沒有喜悅的光芒。

凱文強迫自己看起來正經八百。「所以妳的名字叫星星女孩。非常特別的名字。」

星星女孩看著他，不置可否。

凱文有些緊張，「是嗎？」他說。星星女孩聳聳肩，「對我而言不是。」

我猜她是在逗他。「『奇可』，」我對我的麥克風說，「持續停留在她的臉上。」

有聲音在鏡頭外響起。凱文轉過頭。一個陪審員剛剛說了些什麼。「打開陪審團的麥克風。」我說，「二號機準備。」麥克風傳給了珍妮佛·聖約翰。「二號機開動。」

麥克風在珍妮佛面前看起來像黑色的蛋捲冰淇淋。她的聲音刺耳，「妳爸媽給妳取的名字有什麼不妥？」

星星女孩慢慢轉向珍妮佛，然後面露微笑地說：「沒有不妥，那是一個好名字。」

「叫什麼？」

「蘇珊。」

「那妳為什麼要扔掉它？」

「因為我不再覺得自己是蘇珊。」

「所以妳扔掉『蘇珊』，叫自己星星女孩。」

「不是。」星星女孩說，繼續保持微笑。

「怎麼說？」

「『口袋鼠』。」

十二雙眼睛睜得大大。

「什麼？」

「我最先是叫自己『口袋鼠』，」星星女孩愉快地說，「後來是『泥餅』，然後是『赫利加利』，然後才是『星星女孩』。」

戴蒙．里奇從珍妮佛手中搶過麥克風，「那下一個名字會是什麼？是狗糞？」

呃噢，我心想，**要開始了**。

凱文插話進來，「所以……妳每逢對名字感到膩了，就會把它改掉。」

「應該是說每逢它不再貼切就會改掉。我不等於我的名字。我的名字就像我的裙子一樣，是我穿戴的東西。如果它穿舊了，如果我穿不下了，就會換掉。」

「為什麼是『星星女孩』？」

「我說不準。」她說，說著用指尖碰碰「肉桂」的鼻子。「有一晚我走在沙漠裡，抬頭看天空——這麼說是多餘了，人在沙漠裡又怎會不抬頭看天空？——然後我就想到星星女孩這個名字。就像是天上掉下來的。」

凱文從他事先寫下問題的紙張抬起頭，「那妳爸媽怎麼看？他們會因為妳不再用蘇珊這個名字而難過嗎？」

「不會，那幾乎可以說是他們的主意。當我小時候開始喊自己『口袋鼠』，他們也是那樣喊我，自此沒有改回去。」

「陪審團」又有動靜。

我拍拍音效人員肩膀，「打開陪審團麥克風。讓所有麥克風都開著。」我真的不想這樣做。

發問者是麥克．埃伯索爾，「請問妳愛妳的國家嗎？」

「愛，」她愉快地回答，「那你愛你的國家嗎？」

埃伯索爾沒理這個問題。「那妳為什麼不好好念『效忠誓詞』？」

「我覺得我沒有念錯啊。」星星女孩微笑著回答。

「妳的念法讓我覺得妳是叛國賊。」

陪審員本來只有權發問，沒有權發表意見。

畫面上出現一隻手，它搶去埃伯索爾拿著的麥克風。貝嘉．里納爾迪生氣的臉孔出現在二號機的畫面。「妳為什麼要為別人的球隊加油？」

星星女孩想了一下，「我猜那是因為我是啦啦隊隊員。」

「妳不只是個啦啦隊隊員，大笨蛋。」貝嘉．里納爾迪對著麥克風大吼：「妳還是我們的啦啦隊隊員，是『邁中』的啦啦隊隊員！」

我瞄了羅比諾老師一眼。他已經沒有看著電視螢幕。他正在透過玻璃直接望向攝影棚。

星星女孩向前探身，殷切地望著貝嘉·里納爾迪，聲音小得像小女孩。「當妳看到其他隊得到一分，看到他們的球迷是那麼地快樂，難道你不會也快樂起來嗎？」

貝嘉嘶吼著說：「不會。」

「難道那不會讓妳想參與其中嗎？」

「不會。」

「難道你不會想看見客隊快樂嗎？」

「不會。」

星星女孩看來由衷感到吃驚。

「妳不會總是希望當贏家……對吧？」

貝嘉怒眼圓睜，翹起下巴：「不錯，我就是想贏，總是想當贏家。所以我替我的隊加油打氣。我們全都是這樣做的。」她向四周揮動手臂，「我們替『邁中』加油打氣。」然後她一根手指指向舞台，「妳是替誰加油打氣？」

星星女孩猶豫了一下，然後微笑著攤開雙手：「我替每個人加油打氣。」

謝天謝地，凱文這時出手解圍。他鼓鼓掌，說道：「你們看這樣如何？以後應該正式規定，這整個賽區，要指定一個人替每個人加油打氣。」

星星女孩伸手拍拍凱文大腿：「這個啦啦隊隊員的運動衫上應該印有所有學校的縮寫字母。」

凱文笑了起來，「那運動衫得要像房子一樣大才行。」

星星女孩拍拍自己的膝蓋，「那就不要印任何縮寫字母。」她看著鏡頭做出揮掃的動作，「字母退散！」

「無拘無束的啦啦隊隊員！」

「所有人的啦啦隊隊員！」

凱文坐正，手放在胸口：「自由平等，一個全民皆享的啦啦隊隊員。」

埃伯索爾對著麥克風咆哮說：「一個全民皆享的神經病。」

凱文搖搖食指：「這可不行，『陪審團』不能發表意見，只許問問題。」

蕾妮搶過麥克風：「那好，我要問問題。我的問題是，妳為什麼終止在家自學？」

星星女孩的表情變得一本正經，「因為我想交朋友。」

「那妳真是有一種表現這種願望的有趣方式。妳讓全學校的人都因為妳而抓狂。」

我但願我從來沒有讓步，答應邀請星星女孩上「熱椅」。

她只是張大眼睛。「奇可」讓她的臉充滿整個畫面。

「給我——」珍妮佛伸手拿過麥克風，「妳在學校外面也是這個樣子。妳介入每個人的事。不管有沒有受到邀請，妳都要管閒事。妳為什麼要那樣做？」

星星女孩沒有回答。她平常的活潑模樣不見了。她望向珍妮佛；她望向攝影機，就像想從攝影鏡頭尋找答案；然後她轉頭望向控制室。我將視線從螢幕上移開，有那麼一秒鐘，我以為我和她的視線在控制室的玻璃上

10 這是從「效忠誓詞」最後一句變化而來。可參見第12頁、第13頁和第63頁。

交會了。

我一直在想希拉蕊．金寶什麼時候會開嗆，而現在終於輪到她上場。「我要告訴妳一件事，小姐。妳是個蠢蛋。」希拉蕊站著，手指指著星星女孩，樣子像想把麥克風咬爛。「妳一定是從火星來的……」凱文膽怯地舉起手。「不用你來告訴我『不可發表意見』，凱文。我現在就要發問。妳是打火星還是哪裡來的？這是第一個問題。妳為什麼不滾回妳來自的地方？這是第二個問題。」

星星女孩的眼睛占滿整個螢幕。**別哭**，我在心裡祈求說。

希拉蕊還不罷休：「妳想要為別的學校加油？那好，到別的學校去！別來**我的**學校！滾出**我的**學校！」其他人伸手要搶麥克風。「我知道妳的問題出在哪裡。妳做的所有怪事的目的都是為了爭取注意。」

「是想要交到男朋友！」

「陪審團」笑了起來。他們是一群暴民，人人在搶麥克風。凱文焦急地看著我。我毫無辦法。雖然有那麼多按鈕開關由我控制，但我改變不了發生在隔間玻璃另一邊的任何事。

「我有一個簡單問題要問妳：妳到底是哪根筋不對？妳說啊！說啊！」

「妳為什麼不能正常點？」

「妳為什麼想要與眾不同？」

「對啊！是因為我們有問題，妳才想要和我們不一樣嗎？」

「妳為什麼不化妝？」

現在所有陪審員全都站了起來，不管手上有沒有麥克風，人人都探身向前，戳著一根手指，破口大罵。

「妳不喜歡我們，對不對？說話啊！」

羅比諾老師關掉控制台上的主開關。「夠了。」他說。

我關掉攝影棚的通話開關。「夠了，節目結束了。」

「陪審團」繼續大聲嚷嚷。

14

這是我設法回想時會變得模糊的一個時期的開端。許多事件看來此起彼落，融合在一起。事件會變為感覺，感覺又會變為事件。理智和情感像是對立的歷史學家。

那一集的「熱椅」始終沒有播出。羅比諾老師把帶子銷毀了。當然，這並不能阻止事情經過的每一個細節被傳出去。事實上，到第二天早上學校開門的時候，大部分學生已經知道發生了什麼事。

我記得的是，當最後的細節被披露之後，情況進入了一個竊竊私語和等待的階段。氣氛緊繃凝重。接下來會發生什麼事？「陪審團」的公開敵意會不會蔓延到教室中？星星女孩會怎麼反應？大家預期答案會在第二天揭曉，因為第二天是情人節。在前幾個節日（萬聖節、感恩節、聖誕節和土撥鼠節），星星女孩都在她教室每張桌子上放了一樣小禮物。她這一次還會照樣放嗎？

答案是「會」。那天早上，十七號教室每個人都在自己的書桌裡找到一粒心形糖。

那天晚上有籃球賽。對此，我可是記憶深刻。那是當年度最重大的賽事。「電子隊」在今季的例行賽中保持不敗，但第二階段要開始了：季後賽。先是地區賽然後是區域賽，最後是州冠軍賽。我們從未打進地區賽，但現在得到州冠軍的憧憬卻在我們頭腦裡發燙：「電子隊」——整個亞利桑那州的冠軍！除了冠軍，沒有別的名次能讓我們滿意。

擋在我們冠軍之路的第一個障礙是「皮馬聯盟」的冠軍「太陽谷隊」。比賽在情人節當晚開打，場地是位於兩隊中間的迦薩格蘭體育館。看來整個邁卡城的人會傾巢而出去看這場比賽。我和凱文開著我家的小貨車前往。

從在體育館坐定的那一刻開始，我們的加油聲就震動屋頂。星星女孩白色運動衫上的綠色大M字隨著她和其他啦啦隊隊員旋轉和跳躍而擺動。我看著她的時間和看著比賽一樣多。她在我們得分時歡呼，但沒有在「太陽谷」得分時歡呼。我心裡覺得舒服一些。

但為時並不長久。我們開始輸球。整年來第一次，我們在第一節結束時落後。事實上，我們被對方痛宰，比數是二十一比九。理由並不神祕。「太陽谷隊」雖然整體水平來說不及我們，但他們卻有一樣我們沒有的東西：一個叫唐．科瓦奇的超級戰將。他身高兩百公分，每場平均得分是三十分。我們的球員就像是五個拚命攔截巨人歌利亞的小大衛。

「太陽谷隊」在第二節上半已領先十九分。我們這些原來氣勢囂張的球迷都驚訝得說不出話來。事情就在這個時候發生。當時球滾到了場中央，幾個球員撲過去搶。科瓦奇從旁邊跑過去，想要避開俯衝的球員時，右腳絆在了一個傾身球員的球鞋上——第二天的報紙是這樣說的。當時事情發生得太快，根本沒有人來得及看清楚，不過倒是有些人說他們聽到一聲像小樹枝折斷的聲音。然後我們就突然看到歌利亞躺在地上，扭動呻吟，右腳明顯有不對勁。「太陽谷隊」的教練、指導員和球員全都衝上前去。不過他們並不是最先到達的。不知怎地，星星女孩已經在那裡。

當科瓦奇自己的啦啦隊坐在板凳上發愁時，星星女孩已經跪在硬木地板上。她讓科瓦奇的頭靠在她的大腿上，讓其他人查看他的傷勢。她雙手撫摸他的臉和額頭，又好像對他說了些什麼。當擔架把科瓦奇抬走，她跟隨在後。每個人——兩邊的人——都站起來鼓掌。「太陽谷隊」的啦啦隊跳上跳下，就像他剛剛得到兩分似的。救護車的燈光在高處的氣窗閃爍。

我知道自己為什麼鼓掌，但不太確定一些其他「邁中」球迷的鼓掌動機。他們鼓掌是因為欽佩嗎？還是因為他們高興看到科瓦奇退場？

比賽重新開始。星星女孩回到啦啦隊的板凳。少了科瓦奇，「太陽谷隊」不堪一擊。我們在下半場剛開始就取得領先，終場時輕鬆取勝。

兩晚之後我們輸給了「格倫代爾隊」。和上一場比賽一樣，我們在上半場不斷落後，但和上一場比賽不同的是，我們在下半場沒有演出大逆轉。這一次「電子隊」面對的不是一個而是五個比他們厲害的球員。這一次也沒有任何一個對手摔斷腳踝，雖然我肯定我們中間有些人暗暗這樣渴望。

我們深受震撼。我們不能置信。不過隨著第四節一分一秒過去，我們只能相信。體育館四周傳來的歡呼聲像萬箭齊發那樣戳破了我們的大幻覺。我們怎能這樣蠢？我們怎能指望小小的「電子隊」雖然在它所屬的三流聯盟裡所向無敵，卻一樣能夠敵得過本州各大城市的強勁隊伍？我們是做大夢的傻瓜。我們一直享受勝利的美妙滋味，又認為勝利是理所當然，乃至於相信勝利是我們命中注定應該得到的。

但現在……

當「格倫代爾隊」教練派替補球員上場打發我們時，「邁中」的女生哭了。男生則是發出咒罵聲和噓聲。有些人怪輸球是裁判害的，有些人怪是籃網害的，有些人怪是燈光害的。啦啦隊克盡己職，繼續為「電子隊」加油。她們眼泛淚光看著我們，睫毛膏流到臉頰上。她們使勁地振臂高呼，做所有啦啦隊該做的事，但她們的動作內容空洞，因為她們心不在焉。

星星女孩除外。我專心地看著她，看得出來她和別人不同。她的臉頰是乾的，她的聲音沒有沙啞，她的肩頭沒有下垂。從下半場一開始，她就沒有坐下。她不再看著比賽，反而背向球場面對著我們，絲毫不受體育館另一邊的歡聲雷動氣氛影響。在比賽結束前一分鐘，我們已經落後三十分，但她仍繼續加油，就像是我們還有機會。她的眼神飽含著我從沒見過的活力。她向我們揮舞拳頭。她以桀驁不馴之姿對抗我們的愁雲慘霧。

然後她的臉變得血淋淋。

一個「格倫代爾隊」的球員剛剛灌籃，而凱文用拳頭捶我大腿。我順著他的視線看過去，看見星星女孩突然像是戴了一個血紅面具。我跳起來尖叫：「不──！」

但她臉上的不是血，而是番茄。先前有人向她扔出一個熟番茄，不偏不倚命中她的臉。比賽終了，「格倫代爾隊」的球迷湧到場上。星星女孩只是呆站著，一雙大眼睛透過番茄果漿茫然地看著我們。我們當中有人放聲大笑，甚至有人鼓掌。

第二天早上，我在家裡發現那張卡片。它夾在我的學校筆記本裡（我已經好幾天沒有打開這本筆記本）。那是一張情人節卡，是那種三年級生剪剪貼貼而成的卡片，上頭有個臉紅的小男生和穿「瑪麗珍鞋」的小女生。兩人中間有個大紅心和「我愛你」三個大字。就像三年級生（中學生也會常幹的那樣，送卡人用圖形符號署名：

15

她送了全校每個人一張卡片。這是我的第一個想法。

在學校看到凱文時，我打算要問他，但又忍住，決定等到午餐時間再問。我盡量裝得若無其事，把要打聽的事夾在當天唯一重要的話題中順帶提起。全校都籠罩在愁雲慘霧中。我們談了輸球的事，談了番茄的事。既然談到星星女孩，我便假裝隨口問問：「你有收到她送的卡片嗎？」

他用好奇的表情看著我。「我聽說她給了同班每個人一張卡片。」

「是啊，」我說，「我也是這樣聽說。但就只是這樣嗎？她沒有送給所有其他人每人一張卡片？」

他聳聳肩。「我沒收到。怎麼？你收到了？」

他望向餐廳的另一頭，咬了三明治一口。但我卻有一種被他逼供的感覺。我搖搖頭。「沒有，我只是隨口問問。」

我事實上是坐在那張卡片上面。它放在我牛仔褲的後口袋裡。同一時間，餐廳裡所有眼睛都落在星星女孩身上。我想我們都有點預期會看到她臉上還殘留著紅色痕跡。她和朵麗．狄爾森及其他幾個朋友坐在平常坐的桌子。她看起來很沉靜。她沒有彈烏克麗麗，也沒有和她的老鼠玩。她只是吃飯，以及和同桌的女生聊天。

午餐時間快結束時，她站了起來，但沒有直接走向出口，而是繞路向我的桌子走來。我陷入恐慌。我跳了起來，抓起我的東西，匆匆說了句「我要走了」便腳底抹油，留下目瞪口呆的凱文。但我的動作不夠快，往門走到一半就聽見她在我後面說：「嗨，里歐！」我的臉開始發燙。我很確定每雙眼睛都轉向我，也很確定他們都看得見我口袋裡的卡片。我假裝看鐘，假裝有什麼事趕著去做，跑出了餐廳。

那天下午其餘時間我都躲在暗角，一放學便馬上回家。我都待在房間裡，只在吃晚餐時走出房門。我告訴爸媽我有作業要做。我來回踱步。我躺在床上瞪著天花板。我瞪著窗外。我把卡片放在書桌上，稍後把它拿起來反覆讀了幾遍。我在腦海裡反覆播放「嗨，里歐！」的聲音。我朝掛在門後的軟木板射飛鏢。我爸在外頭問：「你的作業是射飛鏢？」我跑出去，開著小貨車四處逛。我開往她住的那條街，但又在到她家的前一個路口轉彎離開。

我在灑滿月光的被子下失眠了幾小時。她的聲音從夜空而來，從月色而來，從星星而來。

嗨，里歐！

第二天是星期六，我和凱文到阿契家參加「化石忠誠會」每週一次的聚會。忠誠會大約有十五個成員，每人都戴著化石項鍊。阿契想要談他手中的始新世動物頭骨，但其他人只想談輸球的事。當阿契聽到星星女孩被砸番茄的事時，眼眉揚起，但表情沒有其他變化。**我想這對他不是新聞。他已經知道了**。

阿契那天大多數時候都是在點頭微笑和挑眉。我們向他傾訴失望，傾訴輸球的悲苦。他說得很少。當我們都傾訴完畢，他低頭看著大腿上的動物頭骨，拍拍它說：「這傢伙也輸了比賽。之前牠連續贏了一千萬年左右，然後，牠四周的草開始長高。牠發現自己落入一個不同的聯盟。牠盡所能撐著，盡力得分，但比數落後得越來越多。這是因為對手比牠更聰明、更快速和更敏捷。在冠軍賽中，我們的傢伙被消滅了。牠不只第二天沒有出現在班上，牠自此都沒有再出現過。牠就此玩完，沒有人再看見過牠。」

阿契把突吻的、狐狸大小的頭骨湊到自己臉旁。他有整整一分鐘沒有說話，讓我們靜靜思考。頭骨的臉和我們的臉面面相覷。時間相隔幾千萬年的一些臉在一個叫亞利桑那州的地方的一個客廳裡聚頭。

16

星期一，午餐時間。

這一次，當星星女孩往我的桌子走來的時候，我一動不動。我是背對著她。我看見凱文的眼睛隨著她越走近而睜得越大。然後他的眼睛定住，嘴角彎成一個不懷好意的笑容。世界的一切好像都停止了運作，只剩下廚房裡鍋子的碰撞聲。我的頸背著了火。

「不客氣。」我聽見她說，口氣幾乎像是唱歌。

我心想這是什麼意思？但接著就意會了，也知道必須怎麼反應。我知道自己必須轉身，對她說話，否則她會一直站在我背後不走。我對於自己那麼怕她覺得又蠢又傻。我究竟在怕些什麼？

我轉過身，覺得身體沉重，就像是在水裡移動，就像我面對的不只是個名字怪異的十年級女生。我首先看見的是她帆布袋上那朵豔麗的向日葵（看來是手繪），然後眼睛才和她的眼睛四目相接。

「謝謝妳的卡片。」我說。

她的笑容使向日葵失色，之後就走開了。

凱文笑得合不攏嘴，搖著頭說：「她戀愛了。」

「胡說。」我說。

「她愛得很深。」

「她不過是專愛搞怪。」

上課鈴響起，我們收拾東西離開餐廳。

我精神恍惚地度過那天下午。被棒球打到的感覺還不如被她的笑容扎到。我十六歲了，向我綻放過的微笑不下幾千個，然則為什麼她的笑容就像我人生遇到的第一個？

放學後我不由自主地走向她的教室。我簌簌發抖，胃部翻騰。我不知道看到她之後我要做什麼，只知道我不能不去。

她不在。我匆匆走過一條又一條走廊。我跑到外面，搭校車的人正在上車，很多汽車開進開出，四周有幾百個學生在移動。幾個月來她無所不在，現在卻無處可尋。

然後我聽到她的名字。**她的名字**。這個四個字的名字我聽了一整年，但突然之間它卻像純銀一樣「噹」地一聲敲擊我的耳朵。我鑽到一邊偷聽。一群走向校車的女生正在聊天。

「什麼時候？」

「今天放學後。就是現在！」

「我不敢相信！」

「我不敢相信拖了那麼久。」

「開除？她們可以這樣做嗎？」

「當然。為什麼不可以。這學校不是**她**開的。」

「換作是我早把她踢走。她的作為根本是背叛。」

「開除得好。」

我明白她們在談什麼，這件事已經傳了好幾天，星星女孩被踢出啦啦隊了。

「嗨，里歐！」

一群女生叫我的名字，我轉過身。她們站在陽光前面，我舉手遮額。

她們異口同聲地說：「星星男孩！」說完後大笑。我揮揮手，然後趕緊回家。我永遠不會承認，但當時我的心情很激動。

她家離我家兩英里，位於一座只有十間商店的小型購物中心後面。這是阿契告訴我的。我走路過去，我不想騎車。我想慢慢走，想要感覺自己一步一步靠近，想要感覺自己的緊張心情像汽水裡的氣泡那樣逐漸升高。

我不知道看到她的話要做什麼，只知道自己很害怕，很緊張。把她當成一個研究對象比把她當成一個人還讓我感覺自在。突然間，我急切想要知道有關她的一切。我想看她嬰兒時的照片，想看她吃早餐、包禮物和睡覺的樣子。她從九月起就是高中舞台上一個表演者——一個獨特和讓人憤慨的表演者。她是冷漠的反面，她毫無保留。從布置書桌到演講到在美式足球場上的表演，她都是攤開自己給別人看。但現在我卻感覺自己一直沒有看仔細，我漏了一些重要的東西。

她住在帕洛弗迪街。對一個那麼與眾不同的人來說，她的家平凡得讓人吃驚——至少用亞利桑那州的標準衡量是如此。一層式平房，淺色泥磚，有煙囪的磚紅色屋頂，小前院裡沒有半根草，只有金琥仙人掌、梨果仙人掌和一堆堆石頭。

如我所計畫的那樣，到那裡的時候天色已經暗了下來。我在街的另一頭走來走去。因為擔心會被誤認為是小偷，我走進「羅馬風味」點了一片披薩。我狼吞虎嚥地吃半片後便急著回到外頭，因為看不見她的家讓我不安心。但看見之後一樣是不安心。

起初，我光是看到她家便感到滿足。然後我開始想她是不是在家裡，好奇她正在做什麼。我看見的每扇窗戶都透出燈光。車道上停著一輛車。我在附近逗留得越久就想越靠近一點。我過了馬路，快步從她的房子前面走過，經過時在院子裡撿起一塊石頭。去到街尾之後，我轉過身，從遠處望向房子。

我舉頭對彷彿撒滿了鹽的星空低聲說：「那就是星星女孩．卡拉韋的住處。她喜歡我。」

我往回走，馬路上和行人道上都空無一人，我手上的石頭溫熱。這一次我在走近她家時放慢腳步，我盯著一扇窗簾半掩窗戶裡的三角形燈光，我看見一面黃色牆上有一個影子。我好似飄浮到了那燈光中。

突然間，大門打開，我急忙躲到車道上的汽車後面。我聽見門關上，我聽見腳步聲，一個長影往車道上移動過來。我屏住呼吸，影子停住了。我既可笑又奇怪地感覺自己身處一個完美的位置，就像當下蹲在車子旁邊是我命中注定一樣。

她的聲音從影子的另一頭傳來：「記得那天放學後你跟蹤我走到沙漠那件事嗎？」

荒謬的是，我為要不要回答展開內心交戰，就像擔心回答的話會洩露自己的行蹤。我靠在擋泥板光滑的金屬上，完全沒有想過要站起來。看似過了幾小時之後，我才終於用沙啞的聲音回答：「記得。」

「那時候你為什麼要轉頭往回走？」

她的語氣很平常，就像每天晚上都會和蹲在汽車後面的人交談。

「我不記得了。」我說。

「你是害怕了嗎？」

「不是。」我撒謊。

「你知道我不會讓你迷路的。」

「我知道。」

一個小影子從大影子脫離開來，它在鋪車道的碎石上搖搖擺擺地朝我走過來。它有一條尾巴，它不是影子，是隻老鼠，是「肉桂」。牠停在我的運動鞋的鞋頭前面，牠站起來，抬頭望我。牠把兩隻爪子放在我的鞋面上，鼻子嗅著鞋帶。

「你和『肉桂』熟嗎？」

「算是吧。」

「你說謊。」

「算是吧。」

「你害怕老鼠嗎？」

「算是吧。」

「你覺得我可愛嗎？如果你說『算是吧』，我就叫『肉桂』咬你。」

「對。」

「對什麼？」

「我覺得妳可愛。」我本想開玩笑地加上「算是」兩個字，但最終沒說出口。

「你覺得『肉桂』可愛嗎？」

老鼠這時候已完全爬上我的運動鞋，我感覺得到牠的體重。我想把牠甩掉，牠的尾巴被甩到車道上。「不予置評。」我說。

「我的天，『肉桂』，你聽到了嗎？不予置評。他不想別人知道他覺得你可愛。」

「我想妳有點興奮到沖昏頭了。」我說。

「我當然希望是這樣，」她說，「沒有比被沖走更好玩的了。你今晚想要帶走『肉桂』嗎？牠喜歡到外頭過夜。」

「不，謝了。」

她裝出不高興的聲音：「你確定嗎？牠幾乎不占空間。你只需要餵牠迷你全麥餅乾或兩顆葡萄就行。牠不會在你的地毯上便便。你不會的，『肉桂』，對不對？站起來告訴他你不會那樣子。站起來，『肉桂』。」

「肉桂」在我的運動鞋上站了起來。牠的眼睛像閃爍的黑珍珠。

「牠的一雙耳朵不是天底下最可愛的嗎？」

誰會去注意老鼠的耳朵？我看了看。她說得沒有錯。「對。」我說。

「搔搔牠的耳背。牠喜歡那樣。」

我用力吞了一口口水。我彎下腰，伸出兩根食指去搔老鼠耳朵背後那個毛茸茸的空間。我猜牠很享受。牠沒有動。然後我讓自己嚇一跳的是，我把一根手指放到牠鼻子前面，而牠舔了我。我從沒有想過老鼠會這樣做。牠的舌頭是我小指頭指甲的一半大小，我本來以為它會像貓舌頭一樣粗糙，沒想到不但不是如此，反而很平滑。

接著牠不再待在我腳上，三兩下功夫就沿著我的手爬上了我的肩膀。我叫了起來，我設法甩開牠，但牠的爪子緊抓住我的襯衫。星星女孩笑翻了。我看見她的影子上下抖動。

「我猜猜看，」她說，「『肉桂』爬上了你的肩膀上去了。」

「答對了。」我說。

「你在想老鼠喜歡攻擊人的喉嚨的說法吧？」

「我沒有，」我說，「但聽妳這麼一說……」我趕緊用雙手圍住脖子。

然後我感覺有東西在我的耳朵旁邊，我再次大叫起來：「牠在吃我的耳朵！」

星星女孩又笑了。「牠是在磨蹭你的耳朵。牠喜歡你。世界上沒有牠不喜歡的耳朵。等牠舔完，你的耳朵就會乾淨得不得了，尤其是如果裡面殘留著花生醬的話。」

我感覺牠的小舌頭在舔我左耳的縫隙。「好癢！」我感覺到還有其他東西。「牠用牙齒！」

「牠只是幫你把一些東西嗑下來。你一定是結了垢。你最近有清洗耳朵嗎？」

「不關妳的事。」

「抱歉，我不是要打探你的隱私。」

「我原諒妳。」

接著安靜無聲了一陣子，只有我的耳朵裡老鼠的動靜。我可以聽見牠的呼吸聲，牠的尾巴垂入了我的襯衫口袋。

「你現在想要承認了嗎？」

「承認什麼？」我問。

「你開始喜歡有一隻嚙齒動物在你耳朵裡鑽來鑽去。」

我面露微笑，點點頭，躲開老鼠的鼻子一下子。「我承認。」

接下來又是一陣子安靜無聲，有的只是我耳朵裡的微小呼吸聲。

「好吧，」她最後說，「我們必須回屋裡去了。說再見吧，『肉桂』。」

不要，我心想，**別走**。

「我還有另一隻耳朵需要清理。」我說。

「如果牠再清理另一隻耳朵，就會不想離開你，那樣的話我會吃醋的。來吧，『肉桂』，要睡覺覺啦。」

「肉桂」繼續嗅聞。

「牠不要來是吧？」

「對。」

「那就抓住牠，把牠放到地上。」

我照做了。我一把牠放到地上，老鼠就飛快跑到排氣管下方，消失在汽車的另一邊。

影子退走了。我聽到大門打開的聲音，燈光流瀉出來，「晚安，里歐。」

「晚安。」我喊說。

我不想要離開，我希望可以蜷縮在車道上睡覺。我因為蹲太久，站起來時備感吃力，一直走到回家的半路上才恢復正常走路姿勢。

17

兩星期前我才曉得她知道我的名字，可如今我已沉浸在愛河裡。我的身體輕飄飄的，月光灑滿我整個床，我彷彿乘著月光向上飄浮，在月亮上睡著了。在學校裡，我是個黃色氣球，面帶微笑，懶洋洋地在教室上方飄來飄去。我感覺有人在我的氣球線上輕輕一拉。從遠遠下方，凱文喊道：「你戀愛啦，老兄！」我只是微笑，然後如夢似幻地滾動和飄到了窗外。

這種情況一直持續到午餐時間，當時我突然開始有了自覺。我肯定學校裡每個人都知道了。他們一定在等我，待我進入餐廳的時候轉頭看我。我一向對聚光燈的光感到不自在。我喜歡留在攝影鏡頭後面，讓凱文在前頭登台一鞠躬。

所以，我就在體育館的運動器材室躲了起來，度過午餐時間的三十五分鐘。我坐在一捲捲起的摔角墊上，反覆把一個排球踢向另一邊的牆。我沒有東西可吃——我本來要去買——但我並不餓。

放學後，我們用不著刻意尋找就找到了彼此。

她把「肉桂」從帆布袋裡拿出來，放在肩膀上。「『肉桂』，給里歐握爪子。」

我和「肉桂」握了爪子。

「你相信有『奇幻之地』的存在嗎？」她問。

「妳是問我還是問老鼠？」

她微笑說：「問你。」

「我不確定，」我說，「我從來沒有想過這個。」

「我帶你去一處『奇幻之地』。」

「如果我不想去呢？」

「你以為你有得選擇嗎？」

她一把拉起我的手（害我差點跌倒），大聲笑著，拉我飛快跑過學校操場。人人都看見我們手牽著手。

然後我們步行了幾英里，途中經過商業園區、邁卡電子公司和高爾夫球場，最後走進了沙漠。「眼熟吧？」她問。

這時「肉桂」已經到了我的肩膀上。我拿著烏克麗麗胡亂彈奏著，「這是那天我們來的地方。」我說。

她噗嗤一笑，「**我們**？我是一個人來，你在半英里之外的後頭。」說著戳戳我的肩膀，「你**偷偷**跟著我。」她再次戳我，這次更用力，但眼睛閃爍著喜悅的光芒。「你**跟蹤**我。」

我假裝驚恐和受傷，「跟蹤？我才沒有。我只是稍微落後。」

「你尾隨我。」

我聳一聳肩：「那又怎樣？」

「為什麼？」

我感覺我有一百個理由，卻找不到言語表達。「我不知道。」

「你喜歡我。」

我微笑。

「你對我著迷。我的美讓你看得說不出話來。你從沒有遇過那麼迷人的人。你醒著的每一分鐘都想著我。你夢見我。你無法自已。你不能讓那樣的大美人離開你的視線。你身不由已地跟著我。」

我轉頭望向「肉桂」，牠舔我的鼻子。「別給自己臉上貼那麼多金。那天我跟蹤的是妳的老鼠，不是妳。」

她大笑起來，沙漠也跟著唱起歌來。

對那些以為所有沙漠都遍布不毛沙丘的人來說，索諾拉沙漠一定會讓他們驚訝不已。它不只沒有沙丘，還沒有沙，至少是沒有那種你會在海灘找到的沙。地面確實是沙土的顏色或說灰色，但你的腳不會陷下去。地是硬的，就像是被夯實過。另外還有卵石，夾雜著閃爍的雲母——不然你以為我們這裡為什麼叫邁卡城[11]？

但你不太會注意到地的樣子，會讓你注意到的是巨人柱仙人掌。在剛從東部搬來的人看來，沙漠是一片乾巴巴的荒原，其存在只是為了襯托巨人柱仙人掌的雄偉。然後，如果你再仔細看，各種沙漠植物就會浮現出來：多刺的絲蘭、「海狸尾巴」、金琥仙人掌、梨果仙人掌、「雄鹿角」、「惡

11 邁卡城（Mica）和邁卡高中（Mica Area High School）源自英文的雲母（Mica），為雲母族礦物的統稱，是當地盛產的礦物。

魔手指」和將捲鬚伸向天空的福桂樹。

我們繞著沙漠植物線蜿蜒前進，薰衣草色的山脈遠遠在望。

「那天你轉頭跑走的時候，我在後面叫你。」她說。

「真的？」

「輕聲地叫。」

「輕聲地叫？那我怎麼可能聽得見？」

「我不知道，」她說，「我只是以為你會聽得見。」

我彈了彈烏克麗麗。我挺起肩膀，肩上搭載一隻老鼠有助於保持良好姿勢。

「你當時害羞了，對不對？」她問。

「妳為什麼會這樣想？」

她笑了：「今天放學後，當我拉著你一起跑的時候，你是不是覺得難堪？所有人都看見了。」

「不會。」

「你在說謊嗎？」

「對。」

她笑了。我看來很善於逗她笑。

我往回望，公路已在視線範圍之外。「妳有時間嗎？」我問。

「沒有人擁有時間。時間是不能被擁有。」她張開雙手，旋轉起來，直至她的花裙子看起來像紙風車。「時間是對所有人免費供應的。」

「抱歉多此一問。」我說。

她把向日葵帆布袋掛在一棵仙人掌的臂上，然後朝著馬里科帕山脈做側手翻。奇怪的是，我竟想和她一起翻。但我告訴自己不行，因為我身上背著烏克麗麗，又有一隻老鼠。我拿下她的帆布袋，跟隨在後。

當她決定恢復以正常人的方式走路之後，我說她真是傻呼呼。她停下來，向我轉身，深深一鞠躬：「謝謝你，好老師。」

然後她挽起我的手，就像我們是走在舞會入口步道。然後她說：「尖叫吧，里歐。」

「什麼？」

「只要把頭向後一仰，盡情大叫出來就好。沒有人會聽見。」

「為什麼我會想尖叫？」

她用一雙吃驚的眼睛看著我：「為什麼你不想尖叫？」

我指一指「肉桂」，「牠先叫，我就叫。」然後我改變話題：「我們什麼時候到得了妳的『奇幻之地』。」我連說出這幾個字都覺得蠢。

「再一點點路就到了。」她說。

我取笑她：「妳到了『奇幻之地』之後又怎麼知道自己到了？」

「我自然會知道。」她說，捏捏我的手。「你知道有一個國家，由官方指定一些地方是『奇幻之地』嗎？」

「不知道，」我說，「是哪個國家？奧茲國[12]嗎？」

「冰島。」

「難以想像。」

「我不在意你的諷刺。我們這裡也學冰島就好了。那樣，當你走路或騎車時，也許就會碰到一些石頭標誌，上面的黃銅匾寫著：『奇幻之地。美國內政部立』。」

「這樣，它就會被我們帶去的垃圾汙染。」

她瞪著我，臉上的笑容不見了。「會嗎？」

我感覺很糟糕，像是毀掉了什麼。「不一定，只要有個『不要亂丟垃圾』的標示就不會。」

一分鐘之後她停下腳步。「我們到了。」

我環顧四周，很難找到更普通的地方。這裡唯一引人注意的東西是一棵高大、衰敗的巨人柱仙人掌，它就像一束枯枝，比阿契家的巨人柱先生還要頹唐。除了這棵巨人柱仙人掌以外，四周就只有灰白的灌木叢、風滾草和一些梨果仙人掌。「我還以為這裡看起來會不一樣。」我說。

「看起來很特別？風景優美之類的？」

「對，之類的。」

「這裡是自成一類的風景優美。」她說，「脫掉鞋子。」

我們脫掉鞋子。

「坐。」

---

12 小說《綠野仙蹤》中虛構的仙境國度。

我們坐下，雙腳盤起。「肉桂」沿著我的手臂跑到地上。星星女孩尖叫著說：「停下！」她雙手抓住老鼠，把牠放進帆布袋。「這裡有貓頭鷹，有隼，有蛇。牠是一頓美味的餐點。」

「『奇幻之地』的幻術什麼時候開始？」我問。

我們肩並肩坐著，面向群山。

「幻術在地球誕生的時候就開始了。」她的眼睛闔上。她的臉在落日中一片金黃。「幻術從來都沒有停止過，一直都在。它就在這裡。」

「所以我們要怎麼做？」

她微笑。「這就是關鍵所在。」她雙手掬成杯狀，放在大腿上。「我們什麼都不做，或者說盡量什麼都不做。」她的臉慢慢轉向我，但眼睛仍然閉著。「你試過什麼都不做嗎？」

我笑了，「我媽認為我總是什麼都不做。」

「別說是我說的，但你媽媽錯了。」她轉向太陽。「想要完全什麼都不做真的很難。即使只是坐在這裡，像現在這樣，我們的身體仍然蠢蠢欲動，我們的心靈仍然喋喋不休，我們裡面一片騷亂。」

「這是不好的嗎？」我問。

「如果你想知道我們外面正在發生什麼，這就是不好的。」

「我們不是可以用眼睛和耳朵知道外面發生什麼事嗎？」

她點點頭。「大部分時間是可以，但有時候它們反而會礙事。大地正在對我們說話，但我們因為感官的干擾而聽不見。有時候我們需要清除掉我們的感官。這樣，大地也許就會碰觸到我們，宇宙就會說話，星星就會呢喃。」

太陽開始轉成橘色，落在群山紫色的山峰上。

「我要怎樣才能達到妳說的空無狀態？」

「這種事沒有固定答案，」她說，「你必須自己想辦法。有時候，我會努力擦掉我自己。我會想像有一個又大又圓的粉紅橡皮擦，它來來回回、來來回回地擦，從我的腳趾擦起，來來回回、來來回回地擦，然後我的腳趾就不見了。然後擦我的腳，然後擦我的腳踝。這是容易的部分。困難的部分是擦去我的感官——我的眼耳鼻舌。最後是擦去我的大腦，包括我的思緒、記憶和頭腦內部的所有聲音。擦除思緒是最困難的部分。」她輕聲咯咯笑。「然後，如果我做得好，我就會被擦掉，就會不見了，成為了虛無。然後世界就會像水流入空的碗中那樣流入我之中。」

「然後呢？」我問。

「然後……我會看見和聽見。但不是用眼睛看見和用耳朵聽見。我不再處於我的世界之外，但也不真正身在其中。重點是我和宇宙之間再沒有分別，邊界消失了，我是它而它是我。我是一塊石頭，一根仙人掌的刺，我是雨。我最喜歡當雨。」

「我是妳第一個帶到這裡來的人嗎？」

她沒有回答。她面向著群山，沐浴在糖漿般的夕陽中，表情的平和是我在其他人臉上沒有見過的。

「星星女孩——」

「噓。」

這是我們發出的最後聲音，接下來是一段長時間的寂靜。我們肩並肩坐著，採取蓮花坐姿，臉朝西，努力進入完全靜止狀態。我馬上就發現她說得對。我是可以讓手臂和腿保持不動，但內心的波濤洶湧卻猶似鳳凰城市中心的尖峰時段。我從未這樣自覺到自己的呼吸和心跳，更別說各式各樣的腸胃咕嚕聲。還有就是我的腦袋——它就是無法停止運作。來自幾千里外的各種思緒和疑問闖入我的腦袋，到處嗅聞，想要爭取我的注意。

我試用橡皮擦的方法，但連一根腳趾都擦不掉。我試過想像自己是隨風飄散的木屑，想像自己被鯨魚吞掉，或像胃乳那樣分解，但一概不管用。我無法讓自己消失。

我張眼偷看。我知道不應該這樣做，但還是做了。她顯然已經擦掉了自己。她不見了。她完全靜謐。她的嘴角微有笑意。她的膚色金黃，髮絲散發著光芒，彷彿是整個人在陽光裡浸泡過之後放在那裡等著被晾乾。我對於她坐在我旁邊卻察覺不到我的存在感到一陣嫉妒。我也嫉妒她能夠達到某種美妙的境界但我卻不能。

然後我看到那隻老鼠，牠已經爬出帆布袋，牠坐在帆布袋上，坐姿很像人類，也就是兩隻前爪垂在胸前。我一直覺得它們是一雙小手，因為它們實在太像人類的手了。牠也是一動不動，同樣也是面對著落日。牠的毛色是全新一分錢硬幣的顏色，牠那雙胡椒似的眼睛張得大大。

我知道這一定是她教牠的花招，或者是出於嚙齒動物的模仿性。但我還是忍不住認為事情不止如此，認為這個長著鬍鬚的小傢伙有著自己的體驗——也許包括在掠食動物胃裡被消化的體驗。我盡可能安靜地伸出手，把牠捧起。牠沒有掙扎或蠕動，只是繼續面對落日，小下巴靠在我的食指上。我從指尖感覺到牠的心跳。因為擔心毒蛇猛獸靠近，我把牠拿到我的胸前。

我深吸一口氣，然後閉上眼睛，再次嘗試。我不認為我有成功。我相信「肉桂」是比我更棒的橡皮擦。我不斷不斷努力，努力到了幾乎要吱吱叫的程度，但卻似乎始終不能脫離自我，而宇宙也沒有光臨我。我不停想著現在是幾點。

但有某件事情真的發生了。一件小事。我意識到自己跨過了一條界線，向一個對我來說是全新的領域踏出了一步。那是一個平和寂靜的領域，我以前從來沒有經驗過這麼完全的寂靜，這麼完全的靜止。我裡面繼續一片騷動，但卻是以較小的聲音發生，就像是有人調低了音量。奇怪的事情發生了。雖然我始終沒有完全失去對自己的知覺，我卻相信我失去了對「肉桂」的知覺。我不再感覺到牠在我手中的存在，不再感覺到牠的脈搏，情形就像我們不再是分開而是一體。

當太陽落到群山背後之後，我感覺睛到臉上的涼意。

我不知道自己眼睛閉上了多久，當我張開眼的時候，她已經不見了。我驚慌失措地四處張望，她站在一個距離之外，面帶微笑。當我閉著眼睛之時，暗紫色的山影已經覆蓋過沙漠。

我們把鞋子穿回腳上，朝公路走去。我等著她問我問題，但她沒有問。月亮不見了一下子，一下子後又再出現，接著又出現了一顆明亮的星星。我們手牽手走過沙漠，沒有交談。

18

只有我們兩個人。整間學校只有我和她。

至少這是我們接下來幾天的感覺。

當我展開一天時，我感覺到她也正在展開一天。我感覺到她的動靜，感覺到她在大樓遠處某個地方的身影。換教室走在走廊裡時，我不必看見她就知道她在哪裡，例如知道她是夾雜在向我迎面而來的人潮中，或是在距離我五扇教室門的地方轉彎。她的微笑導引著我。當我們走近彼此時，四周的聲音和同學全都融化，只剩下我們兩人相遇、微笑、目光相接。地板和牆面也消失無蹤，獨留我倆身處一個由真空和星星構成的宇宙。

然後有一天，我發現我們比我想像中還要孤獨。

那天是星期四。通常，在星期四第三節下課後，星星女孩和我會在二樓教師休息室附近遇到。我們會相視微笑，打招呼，然後繼續向前，往各自的教室走去。但在這一天，出於一時衝動，我想要陪著她一起走。

「要不要護花使者啊？」我說。

她笑容靦腆地說：「心中有人選嗎？」

我們勾著小指頭繼續走。她的下一個教室在一樓，所以我們從最近的一道樓梯拾級而下。我們肩並肩走著，我就是在這個時候發現異狀。

沒有人和我們說話。

沒有人向我們點頭。

沒有人對我們微笑。

沒有人望向我們。

樓梯上很擠，卻沒有任何人的肩膀或衣袖碰到我們。

要上樓的學生全都挨著扶手欄杆或牆壁走。除了星星女孩在我耳邊吱吱喳喳以外，平常的嘈雜談笑聲都消失了。

最讓我注意到的是眼神。一張張臉由下向上出現，卻沒有一雙眼睛望向我們，它們直接穿過我們，就像它們是伽瑪射線。我有股衝動想低頭看自己，以確定自己存在。

我在午餐時間對凱文說：「沒有人看我。」

他盯著手上的三明治看。

「凱文！」我怒吼說：「現在連你也是這樣！」

他笑了起來，直視我的眼睛。「抱歉。」

通常還會有其他人和我們同桌，但今天只有我們兩個。我俯身向前：「凱文，是怎麼回事？」他移開眼神，然後又再正眼看我：「我本來在想你什麼時候會發現，我有點希望你不會注意到。」

「注意到**什麼**？」他咬了一口鮪魚沙拉三明治拖延時間，他慢慢咀嚼，再用吸管喝柳橙汁。「首先，問題不是在你。」

我往後靠，雙手一攤：「問題不是在我。這話是什麼意思？」

「問題是在那個和你在一起的人。」

我眨了幾下眼睛，然後瞪著他說：「星星女孩？」

他點點頭。

「好，」我說，「那又怎樣？」

他又盯著我看了一會兒。他咀嚼三明治，吞嚥，啜飲料，別過頭，再回望我。「他們不要和她說話。」

我聽不懂。「你這話什麼意思？他們是誰？」

他歪著頭看了餐廳裡所有人一眼。「這些人。」

「這些人誰？」我說。我太過心神不定，沒心思取笑自己不合文法。

他用舌頭舔舔嘴唇。「全校的人，」他聳聳肩，「或者說幾乎全校的人。」他的視線飄過我的肩膀，「仍然有兩個女生和她坐在一起。」

我回頭瞧了一眼。在星星女孩人氣最旺的時候，大家會從其他桌子拉來椅子，和她同擠一桌。現在她那一桌只剩下她、朵麗．狄爾森和一個九年級生。

「到底是怎麼回事？」我問。

他吸了一口飲料：「『冷落對待』在進行中。大家決定不要和她說話。」

我仍然不懂。「大家決定不要和她說話？你這話什麼意思？難道所有人在體育館開過會投過票？」

「沒這麼正式啦。大家是不約而同，勁道越來越大。」

我張著嘴凝視他：「什麼時候？從什麼時候開始的？怎樣開始的？為什麼？」我開始叫喊。

「我不是太清楚，我猜是在籃球賽的事情之後。那次她真的是惹火了很多人。」

「籃球賽那件事？」

他點點頭。

「籃球賽那件事。」我傻傻地覆述。

凱文放下三明治。「里歐，別假裝你不知道我在說什麼。你認為大家會認為她為其他隊加油的行為**可愛**嗎？」

「她就是這種個性，凱文。那是沒有惡意的。怪是怪，卻是沒有惡意的。這就是**她之為她**。」

他慢慢點點頭。「對，是沒有錯。我想這就是我要說的，起因不只是她做的某件事，而是她做的所有事。別說你從沒有注意到。記得那顆番茄嗎？」

「凱文，兩個月前每個人都在禮堂裡為她贏得演講比賽起立喝采。」

「唉，」他比了個防禦性的手勢。「對**他們**說去吧。」

「是有人扔番茄，但只有一個人。」

凱文冷笑一聲：「對，但有上千人想這樣做。知道這事發生的時候有多少人叫好嗎？他們因為球隊輸球而怪她，他們都把不敗球季的付諸流水歸咎於她。」

我不太確定凱文是在講自己的感覺還是「他們」的感覺。

「凱文，」我說，感覺自己是在懇求，「她只是個**啦啦隊隊員**。」

「里歐，」他指著我說：「你問我怎麼回事，而我告訴你了。」他站起來，把托盤拿到輸送帶。

我瞪著他的空椅子直到他回來為止。

「凱文……生日快樂歌，情人節卡，還有她為大家做的所有貼心事……這些難道都不算什麼嗎？」

上課鈴響起。

他站了起來，收拾書本，聳一聳肩說：「我猜不算什麼。」

那天下午、第二天和再隔天，我變得越來越疑神疑鬼。和她一起走在校園裡的時候，我強烈意識到我們的二人世界已經變調，不再是溫暖甜蜜，而是冷冰冰和孤絕。我們從不需要側身給別人讓路，因為每個人都給我們讓路。走廊上的人群自動閃避我們，只有希拉蕊．金寶除外。每當我們經過她身邊，她就會把身體歪向我們，露出幸災樂禍的笑容。

星星女孩自己看來沒有注意到這種改變，她繼續不斷在我耳邊吱吱喳喳。當我對她微笑和點頭時，有股寒氣在我的頸背結成霜。

19

「賓夕法尼亞州的艾美許人[13]有一個字眼稱呼這種事。」

「什麼字眼？」我問。

「『迴避』。」

我在阿契家。我必須找個人談談。

「對，我就是被人迴避。」

「艾美許人中的『被迴避者』因為得罪了教會，被革除教籍，整個社群的人都會避之唯恐不及。除非他懺悔，否則一輩子沒有人和他說話，甚至他的家人也不會理他。」

「什麼！」

「沒錯，甚至他的家人也不會理他。」

13 艾美許人（Amish）：基督新教一個分支，以拒絕汽車和電力等現代設施、過著簡樸生活而聞名，居住在自成一國的小村裡。

「他的太太呢？」

「太太是這樣，小孩是這樣，每個人都是這樣。」他的菸斗熄了，他用一根火柴把菸斗重新點燃。「我相信這種做法的用意是趕他走。但有些人會留下來，繼續在農場裡工作，繼續和家人一起吃飯。如果他把鹽瓶遞給太太，她會不理不睬。如果主教做得到，會讓豬和雞都不理他，就像他是不存在的。」

我點點頭。「我知道這種感覺。」

我們坐在後門廊裡，我凝視巨人柱先生。

「你沒有和她走在一起的時候，別人也是這樣對你嗎？」

「不會，」我說，「至少我不覺得會。但當我和她走在一起，我覺得我也會變成靶子。」

一絲煙霧從他的嘴角溢出。他苦笑著說：「可憐的海豚，被捕鮪魚的魚網困住了。」

我拿起古新世嚙齒動物頭骨「巴尼」，心想六千萬年後不知道會不會有人把「肉桂」的頭骨捧在手上。「那我應該怎麼做？」

阿契揮揮手。「這個簡單。離開她，你的問題就會迎刃而解。」

我冷笑一聲：「好主意，但你知道事情沒有這樣簡單。」

他當然知道，但他想讓我來說。我告訴了他情人節卡的事，在她家車道那晚的事，還有我們在沙漠裡的事。我突然想問阿契一個問題，哪怕這個問題聽起來很蠢。「你相信世界上有『奇幻之地』存在嗎？」

他從嘴裡拔出菸斗，直直地看著我，「我絕對相信。」

我感到困惑，「但你是個科學家，一個學科學的人。」

「一個研究化石的人。你不可能對化石著迷而不相信有『奇幻之地』存在。」

我望向「巴尼」，我的指尖沿著巴尼兩英寸長的下顎線觸摸，這下顎線粗糙得像貓舌頭。六千萬年的時間在我手裡。我望向阿契：「為什麼她就不能夠……」

他幫我把話說完：「就不能夠和別人一樣。」他站起來，走下後門廊，踏入沙漠裡。後院除了用來放挖掘工具的棚屋外，就直接是沙漠。大自然給這後院造了景。我放下「巴尼」，走在他旁邊。我們一起走向巨人柱先生。

「不是和別人一樣，不完全是。可是，阿契……」我停下腳步，他也停下腳步。我轉過去看他，思緒和感覺一片混亂，互相衝突。傻傻地凝視他好一會兒以後，我脫口而出說：「她為其他球隊加油！」

阿契把菸斗從嘴巴抽出，就像是為了更好消化我的話。他舉起一根手指，嚴肅地點點頭。「唔，不錯。」

我們恢復往前走。

我們走過工具棚屋，走過巨人柱先生。我偶爾會撿起一塊石頭，扔向紫色的馬里科帕山脈。

阿契用幾乎是耳語的聲音說：「她難以用言語形容，對不對？」

我點點頭。

「她是個不尋常的女孩，」他說，「從看到她第一眼就可以知道。她父母卻和一般的好人沒有兩樣。我以前常常問自己，她是怎麼會變成這樣的呢？有時我覺得應該由她來教我。她看來和我們其他人丟掉的東西有連結。」他看著我。「不是嗎？」

我點點頭。

他把手中的桃花心木菸斗倒轉過來，用指關節去敲它。一小撮菸灰撒落在一叢死掉的牧豆樹上。

他用菸斗柄指著我，「你知道，我們一直都存在於同一個地方，卻很少想到它，我們不怎麼注意到它，而它每天存在的時間少於一分鐘。」

「那是什麼？」我問。

「對我們大部分人而言，那是每天早上，我們剛醒來但又沒有全醒的那幾秒鐘。在那幾秒鐘，我們比完全清醒之後還原始。我們剛剛經過和最原始祖先一樣的睡眠，他們的一些東西和他們的世界仍然緊貼著我們。在那幾秒鐘裡，我們還不具形體，還沒有開化。我們不是我們現在知道的我們，而是一種跟樹木比跟電腦鍵盤更合拍的生物。我們沒有頭銜，沒有名字，處於自然狀態，懸浮在過去和未來之間，是尚未變成青蛙的蝌蚪，是尚未變成蝴蝶的毛毛蟲。在那短暫時刻，我們可以是任何東西，然後……」

他拿出菸草袋，重新裝填菸斗，櫻桃甜香氣味四溢。他劃了一根火柴，菸斗的斗缽像掠食者那般吸入火焰。「然後我們張開雙眼，又是一天的開始，而我們——」他說著一彈指頭，「變回自己。」

就像阿契說過的許多話那樣，這番話看來沒有進入我的耳朵，而是沉澱在我的皮膚，像小卵那樣藏在那裡，等待我的「成熟」之雨降下。屆時，它們將會孵化，讓我終於能明白它們的意思。

我們默默地走著。仙人掌已經綻放黃花，而我不知道何以為此覺得無比憂傷。群山的紫色像水彩那樣流動。

「他們**厭惡**她。」我說。

他停下腳步，聚精會神看著我。他把我轉過身，然後一起往回走。他一隻手臂搭在我肩膀上，「我們去請教巨人柱先生。」

沒多久我們就站在頹唐的大塊頭前面。我從來沒有搞懂，為什麼巨人柱先生明明搖搖欲墜，形銷骨立，外皮皺巴巴脫落在腳上，卻仍然讓人覺得莊嚴，甚至威武。阿契對它說話時總是畢恭畢敬，就像是面對一個法官或來訪的顯要。

「你好，巨人柱先生，我相信你認識我的朋友和『化石忠誠會』的創始會員伯洛克先生。」他說，接著向我低語：「雖然有點生疏，但我現在開始要說西班牙語了。遇到複雜的問題，他喜歡我用西班牙語。」然後他回轉面向仙人掌。「Parece, Señor Borlock aquí es la víctima de un shunning de sus compañeros estudiantes en el liceo. El objeto principal del 'shunning' es la enamorada del Señor Borlock, nuestra propia Señorita Niña Estrella. El está en búsqueda de preguntas.」[14]

阿契一面說話一面抬頭看著姬鴞的洞。這時他轉向我，低聲說：「我向他請求問題。」

「那答案呢？」我低聲問：「答案要怎麼辦？」

但是他已掉頭看著仙人掌，把手指放在嘴脣上，說了「噓」的一聲後閉上眼睛。

我等著。

最終他點點頭，轉頭看我。「受人尊敬的巨人柱先生說問題只有一個。」

「是什麼？」我問。

---

14 這段話是西班牙文，大意為：「這裡這位伯洛克先生現正飽受同學的『迴避』之苦，而被迴避的主要對象為伯洛克先生的女友星星女孩。他正在尋求問題。」

「他說整件事情都可以簡化為一個問題，那就是……但願我翻譯得正確……你比較看重她還是其他人？巨人柱先生說一切都是由這個問題的答案決定。」

我不確定我比較了解巨人柱先生的話，還是比較了解阿契的話（我只有一半時候了解阿契說的話），但我什麼都沒說就回家了。那天晚上躺在床上，當月光像滿潮般漲到我下巴時，我意識到我其實完全了解巨人柱先生的問題，我只是不想回答它。

20

州籃球錦標賽的賽況每星期會在操場的「嗶嗶鳥」告示板公布兩次。獲勝留下的隊伍會進入地區賽，然後是區域賽，然後剩下的最後兩隊會爭取亞利桑那州州冠軍。「格倫代爾隊」——也就是打敗我們的那一隊——繼續過關斬將，向冠軍賽挺進。它的得分以一英尺高的數字貼在「嗶嗶鳥」上，讓我們可以投以自虐的注意。

這個時候，星星女孩也在進行自己的錦標賽：演講錦標賽。身為「邁中」的冠軍，她有資格參加《邁卡時報》所謂的區域性「大放厥辭」。區比賽是在紅岩高中的禮堂舉行，而讓人叫好的是，星星女孩贏了。這讓她可以參加四月第三個星期五在鳳凰城舉行的州決賽。

在教室裡聽到擴音器宣布星星女孩贏得區冠軍時，我差點歡呼出來，但最後強忍住。有幾個人發出了噓聲。

為了為決賽準備，星星女孩拿我當練習對象。大多數時候我們都會到沙漠去練習，她沒有用講稿，也沒有死記硬背，她每次的演講內容都不一樣。看來，只要有新的題材在她的腦袋冒出，她就會在演講裡加入這些內容。她的人和演講結合無間，以至於演講不再像演講，更像是荒野裡的生物發出的聲音，自然得就像烏鴉啼叫或郊狼在半夜的嚎叫。

我盤腿坐在地上，「肉桂」坐在我身上，我們聽得入迷。而我有一半相信，風滾草、仙人掌、沙漠和群山全都在聆聽身穿飄逸長裙的星星女孩演說。我心想：如果她的演說只能夠讓坐在禮堂內一排排毛絨椅裡的人欣賞，會是多麼可惜啊！不可思議地，有一次竟然有隻姬鴞降落在離她演講位置不到十英尺的一棵巨人柱仙人掌上，牠足足聽了一分鐘，才鑽回自己的洞中。

我們當然也做了其他的事。我們散步，聊天，騎腳踏車。雖然我有汽車駕照，但還是買了一台便宜的二手腳踏車，以便跟她一同騎車。有時是她帶路，有時是我帶路。只要情況許可，我們都會肩並肩騎。

她是可以轉彎的光：她照亮我每一天的每個角落。

她教我狂喜，她教我驚奇，她教我笑。我的幽默感不輸任何人，但因為靦腆內向而很少表現出來，所以我是那種只會微笑的人。但有她在旁，我人生第一次仰頭大笑。

她總是能看見很多東西，而我本來不知道這世界上有那麼多東西可看。她老是拉拉我的手說：「你看！」我四處看，卻什麼都看不見。「哪裡？」她會指給我看，「那邊。」

剛開始我還是看不見。她也許會指著一扇門、一個人或者天空，但對我的眼睛看來，這些東西是那麼地普通，那麼地不特別，乃至會被歸類為「枝微末節」。我是生活在一個「枝微末節」構成的灰色世界裡。

她會停下來，指出我們經過的房屋的大門是藍色。又告訴我，當我們上一次經過時，門是綠色。根據她的判斷，那房子的主人一年會把大門重漆幾次，每次漆成不同顏色。

又或者她會小聲告訴我獨自坐在「都鐸村」購物中心長椅上的那個老人的一些事：他手上拿著助聽器，臉上掛著微笑，穿著西裝打領帶好像要去什麼重要地方，西裝翻領上別著美國小國旗。

或者她會拉著我跟她一起跪下，看地上的螞蟻。只見兩隻螞蟻扛著比自己大二十倍的甲蟲腿，橫過人行道。據她說，這等於是兩個男人把一棵大樹從城鎮的一頭扛到另一頭。

一段時間之後，我的觀察力進步了一些。當她說「你看」而我順著她指的方向看去時，我會看見東西。最後這變成一種比賽：比賽誰先看到特別的東西。當我終於有一次快她一步，拉拉她的衣袖說「妳看！」時，我就像作業拿到一顆星星的一年級生那樣得意。

但她不只是看到而已。她看到的同時也會感覺到，她的眼直通她的心。舉例來說，那個坐在長椅上的老人讓她哭；那兩隻伐木工似的螞蟻讓她笑；那扇換過很多不同顏色的門引起她強烈的好奇心，以至於我必須把她拉走：因為她覺得如果不去敲敲那扇門，人生就無法過下去。

她告訴我，如果她是《邁卡時報》的主編，她會把犯罪新聞改放在第十版，把螞蟻和老人和色彩多變的門放在頭版。她會下這樣的標題：

螞蟻把沉重巨物扛過廣大荒涼的人行道

門乞求說：敲我！

我告訴她，我想成為電視導播。她說她想成為「銀色午餐車」司機。

「唔，為什麼？」我問。

「你知道的，人們工作一整個早上，到了十二點就會肚子餓。祕書們會走出辦公室，建築工人會放下頭盔和鐵鎚，每個人都餓了。然後只要他們抬起頭，就會看見我！不管他們在哪裡工作，我都會出現在那裡。我有一整隊『銀色午餐車』車隊，它們會去每個地方。我的口號是：『讓午餐來找你們！』人們光是看到我的『銀色午餐車』，就會愉快起來。」她描繪她捲起午餐車側邊的捲板，每個人幾乎都因為四溢的香氣而昏倒的情景。午餐車有熱食，有冷食，有中式餐點，有義大利餐點——你說的出來的都有，甚至有一個沙拉吧。「他們不能相信我的午餐車塞了多少食物。無論你人在哪裡，不管你是在沙漠、山脈還是礦井裡，只要你想接受我的『銀色午餐車』服務，我一定會找到路送達。」

我跟著她執行各種任務。有一天她在藥妝店買了一盆小盆栽，那是一朵種在塑膠花盆裡的非洲紫羅蘭，售價九十九分美元。

「給誰的？」我問她。

「我不是很確定，」她說，「我只知道有個住在馬里安街的人正在醫院裡動手術，我想不管是誰，出院回家看到有人為他打氣都會開心起來。」

「妳怎麼知道這件事的？」我問。

她狡猾一笑：「我自有方法。」

我們去到那棟馬里安街的房子。她伸手到她腳踏車後的坐墊袋，拿出一把有各種顏色的緞帶，選了一條可以搭配小盆栽的淡紫色緞帶，再把其他的塞回坐墊袋裡。她把紫色緞帶綁在花盆上，我替她扶著腳踏車，她將盆栽放在大門口。

我們騎車離開時，我問她：「為什麼妳不留下一張名片之類的？」這個問題讓她感到驚訝。「為什麼要留？」

她的問題讓我感到驚訝。「我不知道，不過大家都會這樣做。人們在收到禮物時會希望知道是誰送的。」

「誰送的重要嗎？」

「對，我猜……」

我突然想到了別的事。我的車輪因為我緊急煞車而抖動，她也在我前方停了下來。她將車子倒退，盯著我看。

「里歐，你怎麼了？」

我搖搖頭，咧嘴而笑，指著她說：「原來就是**妳**。」

「我怎麼了？」

「兩年前我生日時在前台階看見一包禮物，裡面是一條豪豬領帶。我始終查不出來是誰送的。」

我們一起牽著腳踏車往前走。她笑容可掬地說：「一件神祕事件。」

「妳在哪裡買到的？」我問。

「不是買的，是我請我媽媽做的。」

她看來不想繼續談這個，她開始踩踏板，我們重新上路。

「我們剛才說到哪？」她問。

「讓人知道是誰的功勞。」我說。

「那會怎樣？」

「獲得功勞的感覺很好。」

她的後車輪在她長裙後方轉動著。她就像一張百年歷史的老照片。她轉過頭，張大雙眼望著我，問道：「是嗎？」

21

我們常常在週末或晚餐後給人送去非洲紫羅蘭盆栽。還有寫著「恭喜」字樣的氣球和充滿感情的卡片，卡片是她自己做的。她不是一個多出色的畫者，她筆下的人物都是火柴人，女生一律穿三角形裙子和紮馬尾。你永遠不會把她的卡片誤當成「賀曼」[15]的產品，但我沒有見過比這更真誠的卡片。它們和小學生做的聖誕卡一樣有意義。她從來不在卡片上留名字。

經我不斷追問，她終於透露她是怎麼知道別人發生什麼事。她說那很簡單，她靠讀報知道。但她讀的不是頭條新聞或體育版，不是漫畫或電視節目表，也不是好萊塢八卦。她讀的是大多數人忽略的部分，這些部分沒有標題或照片，分散在報紙的小角落，包括入院消息、訃聞、生日和婚禮通知、活動預告等。

15 賀曼（Hallmark）是出產賀卡的大廠。

最重要的是，她會讀「補白」。

「我愛『補白』。」她興奮地說。

「什麼是『補白』？」我問。

她解釋說，「補白」就是重要性不足以寫成報導或下標題的小品。它們從不超過一欄寬，不超過一、兩英寸高。它們最常出現的地方是內頁的底部，總之是不起眼的角落。如果主編有辦法，就絕對不會用「補白」。但有時稿件的字數不夠多，無法填滿一整版，因為報紙不容許留白，所以主編只好塞進一些「補白」。「補白」不需要是新聞，不需要是重要的事，甚至不需要有人閱讀，它們唯一的作用是填滿版面。

一則「補白」的內容可以來自任何地方，關於任何事。它可能是告訴你一個中國人一生要吃掉多少磅白米；或者是談蘇門答臘的甲蟲；或者是提誰家的貓走失了；或者是介紹某某人有收集古董雲石的興趣。

「我像採礦者挖金那樣往『補白』挖寶。」她說。

「就這樣？」我問，「妳光靠讀報就能知道這麼多？」

「不是，」她說，「不只如此。另外還有我剪頭髮的地方，我總是可以在那裡聽到有用的資訊。當然還有告示板，你知道這城鎮有多少塊告示板嗎？」

「當然知道，」我開玩笑地說，「我每天都會算一遍。」

「我也是，」她說，但一點也沒有開玩笑的味道。「到目前為止我算出來一共是四十一塊告示板。」

一時間我除了「嗶嗶鳥」以外想不出哪裡還有告示板。「妳可以從告示板知道些什麼？」

「唔……例如有個人剛開了一家店；或有人丟了小狗；又或是有人需要一個伴。」

「誰會在告示板貼紙條尋伴？」我問，「誰會那麼急切要人陪？」

「寂寞的人，」她說，「老人家。只是要找個人陪他們坐一會兒。」

我想像星星女孩和一個老婦人坐在一個黑暗房間裡的樣子。我不能想像自己做一樣的事。有時我覺得她和我天差地遠。

我們經過「皮莎披薩店」。「裡面有塊告示板。」她說。

告示板就在剛進門的地方，上面貼滿名片和紙條。我指向其中一張，上面寫著：「麥克找零工。請電……」

「這紙條讓妳知道些什麼？」我說，聲音裡的挑戰意味比我預想的多。

她看了看。「可能是麥克丟了工作，目前還沒有找到其他正職，所以找零工打。又或者他有正職，但入不敷出。他要麼不太講究格式，要麼就是連一張完整的紙都買不起。這紙條只是一張紙片。」

「那妳可以為他做什麼？」我問。

「我說不準。我爸媽也許有些零工需要人做，又或者我可以寄給他一張卡片。」

「他會得到什麼樣的卡片呢？」

「一張『打起精神』卡片。」她說，然後戳戳我說：「想玩卡片遊戲嗎？」

我直覺她指的不是撲克牌。「當然好。」我說。

她說這個遊戲是她發明的。「要玩這個遊戲，需要的只是你的眼睛和另一個人。我會在街上、商場內或商店裡挑一個人，跟在他後面。比方說那是一個女的好了，我會跟在她後面十五分鐘——就十五分鐘，不多一秒。這個遊戲的重點在於，觀察了她十五分鐘之後，我必須猜她需要什麼樣的卡片。」

「但妳要怎麼把卡片寄給她？」我說，「妳並不知道她住哪裡啊！」

「沒有錯，所以這只是個遊戲，只是為了好玩而玩。」她湊到我身旁，在我耳邊低語說：「我們來玩吧。」

我說好。

她說我們需要一個商場。我們通常會避開邁卡商場：那裡有太多冷落我們的「邁中」學生閒逛。於是我們開了十英里的車，去到紅岩城商場。那天是星期六下午。

我們挑了一位女士，她穿萊姆綠色褲裙，白色涼鞋，看來四十出頭。她在「安妮大媽的店」買了椒鹽卷餅，用白色小紙袋裝著。我們尾隨她走入「太陽海岸」影帶出租店，我們聽到她想租《當哈利遇到莎莉》，店裡沒有這部影片。她走過「索羅馬」餐具店門口之後又回頭，走了進去。她東看看西看看，用指尖碰觸瓷器，感覺它們的表面。她在晚餐盤子區停下腳步，拿起一個繪有法式咖啡廳圖畫的盤子。「是梵谷的畫。」星星女孩低聲說。那位女士看起來在考慮要不要買這個盤子，她閉上眼睛，用雙手把盤子抱在胸前，彷彿要感受圖畫給她的悸動。但她最後把盤子放回原處，走出店外。接著她進了西爾斯百貨，去了內衣部和寢具部。我對於躲在有褶邊衣物的後面窺視她感到不自在。十五分鐘結束時，她正在翻看睡衣。

我和星星女孩在走廊裡討論。

「好，」她說，「你怎麼看？」

「我覺得自己像個跟蹤狂。」我說。

「一個好意的跟蹤狂。」她說。

「妳先說。」我說。

「她離了婚，感到寂寞。沒有戴結婚戒指。希望生命中有伴侶。嚮往家庭生活。她希望自己是莎莉，能遇見她的哈利。她會替他做晚餐，晚上跟他依偎在一起。她試著吃低脂食物。她在旅行社工作。她去年獲得招待，免費搭乘郵輪，但在船上遇到的都是討厭鬼。她名叫克拉麗莎，中學吹豎笛，最喜歡的香皂是『愛爾蘭春天』。」

我為之傻眼，「妳是怎麼知道這些的？」

她笑了起來：「我不是知道，我是用猜的。這就是這個遊戲的好玩之處。」

「那妳會寄給她什麼卡片？」

她把食指放在嘴脣上，「唔……我會寄給克拉麗莎『妳在等待哈利的這段期間要好好對待自己』卡片。那你呢？」

「我會寄給她——」我琢磨要怎麼措詞，「寄給她『別讓哈利看到妳彈鼻屎』卡片。」

這回輪到她傻眼，「怎麼說？」

「妳沒看見她挖鼻孔嗎？在『太陽海岸』的時候。」

「不算看見。我看見她把手伸到鼻子，像是搔癢或幹什麼別的。」

「就是幹什麼別的。她在挖鼻孔，她的動作快而不著痕跡，儼然是專家。」

她推了我一把。「你在開玩笑。」

我舉起雙手。「我是認真的。她那時候站在喜劇片區，她把手指伸進鼻孔，拔出來的時候已經沾上鼻屎。她帶著鼻屎走來走去大概一分鐘，然後當她要離開『太陽海岸』的時候，她以為沒有人看見，就把鼻屎彈掉了。我沒有看見鼻屎落在哪裡。」她瞪著我看，我舉起右手，又把左手放在心口上，發誓說：「沒說謊。」

她突然放聲大笑，聲音大得讓我感到尷尬。她用雙手抓住我手臂，以免笑到癱倒。走過的人都瞪著我們看。

然後我們又找了兩個人尾隨。一個是女的，我們叫她貝蒂，她花了整整十五分鐘撫摸皮衣。另一個是男的，我們因為他有一顆巨大「亞當的蘋果」[16]，稱他為亞當，又把他的「亞當的蘋果」改稱「亞當的南瓜」。這兩個人都沒有挖鼻孔和彈鼻屎。

我玩得很開心，這是因為遊戲本身好玩還是和她一起玩的緣故，我說不準。不過我倒是知道有一件事情讓我驚訝：在經過短短的十五分鐘觀察之後，我感到自己對克拉麗莎和貝蒂和亞當變得非常熟悉。

一整天下來星星女孩都在扔錢。她像是散播蘋果種籽的強尼[17]一樣這裡扔一分錢，那裡扔五分錢。有扔到人行道上的，也有扔在架子上或長凳上的。她甚至會扔二十五分硬幣。

「我討厭零錢，」她說，「它們老是……叮噹作響……」

「妳知道這樣一年下來妳會扔掉多少錢嗎？」

「你有看過小孩子在人行道上發現一分錢銅板時的高興表情嗎？」她說。

到她的零錢包空了之後，我們便開車回邁卡城。回程上她邀我到她家吃晚餐。

16 西方人稱喉結為「亞當的蘋果」（Adam's apple）。

17 美國歷史人物，對推廣蘋果種植大有功勞。

22

阿契固然說過卡拉韋夫婦是正常人，但我仍然無法想像星星女孩是來自一個普通家庭。我預期看到的是六〇年代留下來的嬉皮畫面。只做愛不打仗。[18] 我預期她媽媽穿著長裙，頭上別一朵花。我預期她爸爸蓄絡腮鬍，開口閉口「棒呆了」和「此言甚是」之類。我預期在她家裡看見「死之華合唱團」的海報，看見迷幻圖案的燈罩。

這就是我看見他們時會驚訝的原因。她媽媽穿著短褲和無袖上衣，赤著腳踩著縫紉機踏板，為即將在丹佛演出的舞台劇縫製俄國農民裝。卡拉韋先生在外頭的摺疊梯上漆著窗台。他沒蓄絡腮鬍——事實上他沒有多少頭髮。房子和其他人的房子沒有兩樣，光滑的木製家具，鋪著許多小地毯的硬木地板，一派西南部風味：這裡擺著個阿納薩齊風格的結婚紀念花瓶，那裡掛著一幅歐姬芙的畫。沒有東西可以讓你鄭重宣布：「你看到了嗎，她就是在**這裡**長大的。」

她的房間也是一樣。除了一個角落放著給「肉桂」住的藍、黃相間木板小屋以外，這房間和任何中學女生的房間沒有兩樣。我站在門口發愣。

「你怎麼了？」她問。

「我感到驚訝。」我說。

「驚訝什麼？」

「我以為妳的房間會與眾不同。」

「怎麼個不同法？」

「我不知道。以為會比較……比較像妳吧。」

她露出大笑容，「放著一疊疊『補白』？擺著製作卡片的全套工具？」

「諸如此類。」

「那些東西在我的辦公室裡。」她說。她把「肉桂」放出來，牠馬上鑽到床底下。「這裡只是我的臥室。」

「妳有辦公室？」

「對。」她把一隻腳伸入床底，等腳抽出來的時候，「肉桂」已經在上面。「我需要一個完全是我一個人、可以工作的地方，所以我弄了一個。」

「肉桂」跑出房間。

「在哪？」我問。

她把手指放在嘴脣上。「祕密。」

「我打賭有個人一定知道。」我說。

她揚起眉毛。

「阿契。」

她微笑了。

「他提過妳，」我說，「他喜歡妳。」

「他對我來說意味著全世界。」她說，「我把他當成我爺爺。」

我觀察到有兩個讓我好奇的東西，其中之一是個木碗，裡面裝著半滿的淡金色頭髮。

「妳的頭髮？」我問。

她點點頭。「給找材料築巢的鳥兒用的。我在春天放到外面去。我小時候就開始這樣做。我住在北部的時候要比在這裡忙碌。」

另一個東西在書架上，那是一輛拳頭大小的迷你推車，是木頭所造，看起來像古董玩具。推車上堆著小石頭，另外車輪四周也放著一些小石頭。

我指著推車說：「妳是收集石頭還是怎樣？」

「那是我的快樂推車，」她說，「事實上也可叫作『不快樂推車』，但我比較喜歡用『快樂』二字。」

「做什麼用的？」

「用來表示我的心情。如果有事情讓我快樂，我就放一顆小石頭在車上；如果我不快樂，就拿出一顆。總共有二十顆小石頭。」

書架上現在放著三顆小石頭。「這就表示推車裡有十七顆，對不對？」

「對。」

「所以這表示，妳目前蠻快樂的。」

「再次正確。」

「推車裡最多有過幾顆小石頭？」

她靦腆一笑。「你現在看到的就是了。」

它們不再像一堆小石頭了。

「通常數目是比較平均的，推車裡大概是十顆小石頭，有時多兩顆有時少兩顆，起起伏伏就像人生。」

「推車曾經有多接近是空的？」我問。

「唔……」她仰頭望向天花板，閉上眼睛。「有一次只剩下三顆小石頭。」

我感到驚訝。「真的？妳竟會這樣？」

她瞪著我。「為什麼我不可能是那樣？」

「妳不像這種類型。」

「什麼類型？」

「我說不上來……」我在心裡摸索正確字眼。

她向我提供一個，「『三顆小石頭』類型。」

我聳一聳肩。她從書架上拿起一顆小石頭，滿臉笑容地放到推車裡。

「叫我『不可預測小姐』吧。」

我和她家人一起吃晚餐。我們其中三人吃肉餅，第四個——猜猜是誰——是嚴格的素食者。她吃豆腐捲餅。她爸媽喊她「星星女孩」或「星兒」，口氣就像喊她「珍妮佛」一樣自然。晚飯後，我倆坐在前台階，她把照相機拿了出來。三個小孩子——一男二女——在馬路對面的一條私家車道玩耍。她拍了幾張他們的照片。

「為什麼要拍？」我問她。

「看見那個戴紅色鴨舌帽的小男孩沒有？」她說，「他名叫彼得．辛克維茲，今年五歲。我在為他寫傳記之類的東西。」

這是她當天第十次讓我愣住。彼得．辛克維茲正乘坐四輪的塑膠香蕉車滑下車道，兩個小女孩在後面追，邊跑邊尖叫。「為什麼妳想為他寫傳記？」

她又拍了一張照片。「難道你不想有個人今天到你家給你一本題為『里歐．伯洛克的人生』的剪貼本嗎？它是一種紀錄，就像日記那樣，記下你小時候某一天做過什麼事，而且是從你不再記得的那些日子記起。裡面還有照片，甚至有你丟掉或扔掉的東西，例如糖果紙。這些全是對面的某個鄰居為你做的，但你卻完全不知道她一直在做這件事。你不認為到你五、六十歲，你會願意花一大筆錢買這樣的剪貼本嗎？」

我想了想，我距離六歲已經十年，感覺就像一世紀前那麼久遠。她有一件事沒說錯：那時候的事我已不記得多少。但我也不在乎。

「不會，」我說，「我覺得我不會。再說，妳不認為他爸媽會為他做紀錄嗎？他家的相簿裡一定有不少他的照片。」

其中一個小女孩搶走彼得．辛克維茲的香蕉車，他嚎啕大哭起來。

「我肯定他爸媽會為他拍照。」她說，說著又拍了一張照片。「但在那些照片中，他都是面帶微笑和擺好姿勢。它們不像我現在所拍的這一張真實。有朝一日，他看見自己小時候因為玩具被搶走而放聲大哭的照片，一定會驚喜不已。我並沒有像跟蹤克拉麗莎那樣跟著他到處去，我只是時時留意他，一星期兩次記下他做了些什麼。我會繼續這樣做幾年，然後把東西交給他爸媽，請他們等他年紀大些、懂得欣賞的時候再交給他。」她臉上出現困惑的表情，她用手肘頂頂我說：「你怎麼了？」

「什麼怎麼了？」我說。

「你看著我的表情超詭異。怎麼回事？」

我脫口而出說：「妳是想當聖人嗎？」我話一出口就後悔了。她沒回答，只是看著我，眼睛裡有受傷的神情。

「對不起，」我說，「我的用意不是譏諷。」

「那你的用意是什麼？」

「我猜是為了表示驚訝。」

「對什麼驚訝？」

我笑了起來。「妳覺得呢？當然是**對妳**驚訝。」我再笑了一笑。我站在前台階前面，面對著她。「看看妳。今天是星期六，我跟了妳屁股一整天。一整天下來妳都為別人忙，妳注意別人，跟蹤別人，為別人拍照。」

她抬頭看我，受傷的神情不見了，但困惑還在。她眨眨眼說：「所以呢？」

「所以……我不知道自己在說什麼。」

「聽起來你像是說我沉迷在別人身上，是這樣嗎？」

也許是角度的關係，但她那雙小鹿般的眼睛看起來比從前任何時候更大了。我必須盡力保持平衡，否則就會掉入這雙眼睛之中。「妳與眾不同，」我說，「這是無庸置疑的。」

她眨眨眼睛，對我嫵媚一笑。「你不喜歡與眾不同的人嗎？」

「我當然喜歡。」我說，也許說得太快了一點。

她的臉突然因為恍然大悟而明亮起來。她伸出一隻腳，碰碰我的運動鞋。「我知道你的問題出在哪裡？」

「真的嗎？」我說，「出在哪裡？」

「你在吃醋。你不高興，因為我把所有注意力放在別人身上，對你注意得不夠。」

「說得對極了，」我噗嗤一笑，「我吃彼得·辛克維茲的醋。」

她站起來。「你想要我把心思全部放在你身上，對不對？」她走向我，我們的鼻尖碰在一起。「是不是，里歐先生？」她雙手勾住我脖子。

我們站在她家前面的人行道上，人人都看得見。「妳在做什麼？」我說。

「我在給你一些關注。你不是想要一些關注嗎？」

這段對話開始失衡了。

「我不知道。」我聽到自己這樣說。

「你真是很傻。」她在我耳邊輕聲說。

「是嗎？」

「是啊。不然你以為我為什麼會在推車裡放十八顆小石頭。」然後我們兩人嘴脣之間剩下的空間消失了。我一頭掉入到她的眼睛裡，就在晚餐後的帕洛弗迪街上。我可以告訴你，吻我的人絕非聖人。

23

我們在校外單獨相處的時光是最棒的時光。我們會環繞市鎮走一圈，走入沙漠，去她的「奇幻之地」。我們會坐在公園長凳，觀察人們。我推薦她吃草莓香蕉冰沙。我借用小貨車把她載到紅岩城和格倫代爾。每逢週末，我們會到阿契家的後門廊，在菸斗的煙霧裡天南地北，無所不談，一起吃披薩。她對著巨人柱先生練習演講。我們從不談論別人的「迴避」。我們愛週末。

但星期一總是緊接在星期日之後。

現在很明顯的是，人們也刻意迴避我。雖然對我的迴避不如對她的那般絕對，但仍然是明白無疑。同學們拒絕和我眼神交會，避免和我肩膀相碰，在我走近時壓低交談聲。我對抗這種情況，探測它的底線。在操場或走廊或餐廳，我會叫別人的名字，看看他們會不會有反應。如果有人轉過頭和我點頭，我會十分感激。如果有人和我說話（特別是如果不是我先開口），我就會想要哭。我以前從不知道我有多需要別人的注意來證明自己的存在。

我相信同學的冷落對我的傷害比對星星女孩大。我相信她太過忙碌，無暇注意自己受到冷落。事實上，她繼續對同學唱「生日快樂歌」，繼續布置自己的書桌和送出各種貼心小禮物。我相信即便她有注意到大家的冷落，也不會在意。

我知道為什麼這種事會發生在我身上。在其他學生的眼中，她是我身分的一部分。我是「她的男朋友」，我是「星星女孩先生」。

人們說三道四：不是直接對我說而是故意提高聲音，「不小心」讓我聽見。他們說她是個自我中心的愛現鬼；他們說她自以為是聖人，比我們其他人優越（聽到這個說法讓我汗顏）；他們說她要讓每個人因為覺得不及她體貼而內疚；他們說她假惺惺。

最重要的是，他們說都是因為她，邁卡城「電子隊」成為亞利桑那州籃球冠軍的目標才這麼快破碎。凱文說得對，當她開始替其他隊伍加油，就是在對自己的隊做不好的事。看見自己人為敵人加油會損害球隊士氣，這種打擊是花再多時間練習都彌補不了。看來每個人都同意的是，壓垮駱駝的最後一根稻草是那場和太陽谷隊的比賽，當時她跑過球場去幫助太陽谷隊的明星球員科瓦奇。這種指控是得到我們自己的明星球員艾斯里的親口證實。他說當他看到「邁中」的一個啦啦隊隊員安慰敵人時，頓感心灰意冷。她就是他們在下一場與「格倫代爾隊」的比賽會慘敗的主因，他們為此恨她，永不原諒她。

和星星女孩不同，我可以意識到同學們無法平息的怒氣——這怒氣就像是門廊底下作勢欲噬的蛇。事實上，我不只意識到他們的心情，有時還能夠理解他們的觀點。有時候，我裡面的鼠肚雞腸甚至會同意這種觀點。不過，當我看著她的微笑並以燕式跳水躍入她的雙眸時，對她的不滿就會消失無蹤。

我看見，我聽見，我理解，我遭受折磨。但我是為誰而遭受折磨？我反覆想到巨人柱先生的問題：**你比較看重她還是其他人？**

我感到生氣。我痛恨必須做出選擇。我拒絕選擇。我想像我的生命少了她和少了他們是怎樣，發現兩種情形我都不喜歡。我假裝情況不會一直維持下去。當我晚上躺在床上，沐浴在神奇的月光中時，我假裝她會變得越來越像他們，而他們也會變得越來越像她，最後讓我兩者兼得。

不過接著她做了一件事，讓我不可能繼續假裝下去。

24

「嗶嗶鳥。」

雖然沒有人直接對我說這幾個字，但有一天它們在我上學後反覆傳到我耳裡。人們像是故意提起，好讓走在後面的我聽見：

「**嗶嗶鳥**。」

難道操場告示板有什麼是我應該去看的？

我打算等第三節課——自習課——再去看。第二節是西班牙語課，走向座位時，我無意中望向面對操場的窗口。我看見了告示板，發現我根本無須走到外面去看它上面有什麼特別的，我在教室裡就看得見——即便我是坐在一架低空飛過的飛機上一樣看得見。一張白色床單覆蓋著整隻嗶嗶鳥，床單上用粗畫筆畫著一個紅色情人節心形，裡頭寫著：

星星女孩

愛

里歐

我的第一個衝動是把西班牙語老師拉到窗邊，對他說：「看，她愛我！」我的第二個衝動是跑到外面，扯掉床單。

在這之前，我從沒有成為她公開誇張行徑的對象。現在我突然對希拉蕊．金寶產生一種奇怪的親切感，我明白了她為什麼不准星星女孩對她唱歌。我感覺自己站在一個空蕩蕩的舞台上，成了聚光燈的焦點。我無法專心上課或做任何事，我內心一片混亂。那天午餐時間我不敢看她。我暗自慶幸自己還沒有足夠的勇氣和她坐在一起。我不斷和凱文聊天，但始終感受得到她的存在：在我左手邊第三張桌子。我知道她和唯一沒捨棄她的朋友——朵麗．狄爾森——坐在一起。我感覺她的凝視輕拉我的頸背，我不由自主轉頭，這就看見了她：她眉開眼笑，大動作地揮手，還（天啊！）給了我一個飛吻。我猛地把頭扭回來，拉著凱文跑出餐廳。

當我再次鼓起勇氣望向操場，我發現已經有人把床單扯走。告示板四角的圖釘各自釘著一塊白色布塊。

為了避開她，我在課與課之間都走和平常不同的路線。不過放學後她還是找到了我。在我想躲開時，她在背後把我喊住：「里歐！里歐！」

她追上我，她氣喘吁吁，眼睛在陽光中閃爍著光芒。「你看到了嗎？」

我點點頭，繼續走路。

「所以呢？」她在我旁邊蹦蹦跳跳，一拳打在我肩膀上。「你覺得怎樣？」

我能說什麼呢？我不想讓她難過，所以只是聳聳肩。

「很震撼對不對？」她是在揶揄我。她伸手到帆布袋，掏出老鼠。「『肉桂』，他也許是害羞。他也許會告訴你，看到那幅表白讓他有多麼興奮。」她把牠放到我肩上。

我大叫，揮手撥開老鼠，把牠掃到地上。

她把牠捧起，愛憐地摸了摸牠，帶著驚訝的表情看著我。我沒法面對她，轉身走開。

她在我背後高聲說：「我猜你不想聽我練習演講吧？」

我沒有回答，也沒有回頭看。

第二天，示愛標語的巨大衝擊力向我席捲而來。我本來以為我已經因為星星女孩嚐盡了遭人冷落的滋味，但原來和現在的相比完全不算什麼。當然凱文還會跟我說話（謝天謝地），少數其他幾個朋友也是如此。但其他人對我不言不語，就像有第二個沙漠疊在我本來就住著的沙漠上，那裡的打招呼聲音就像雨水一樣稀少。我在早上上課鈴響前去操場，看見的只有後腦勺。人們和我擦肩而過，彼此打招呼。門在我面前關上。歡樂和笑聲就像水漂兒掠過水面那樣掠過我。

有天早上，當我為某個老師跑腿時，看見有個叫倫蕭的學生走過操場。我和他不熟，但當下操場裡只有我們兩個人，而我又（這麼說好了）明知火爐燙卻硬要摸。我喊道：「倫蕭！」操場裡只有我的聲音。「**倫蕭！**」他始終沒有回頭，沒有遲疑，沒有放慢腳步。他越走越遠，最後打開一扇門，走了進去。

那又如何！我反覆告訴自己：你有什麼好介意的？你倆本來就從來沒有說過話，倫蕭對你來說算什麼？

但我卻介意。我無法不介意。在那一刻，全世界沒有事情比倫蕭對我點點頭更加重要。我祈求他走進的那扇門會突然打開，而他站在門口對我說：「對不起，我沒有聽見你叫我。有什麼事嗎？」但那扇門始終關閉，我由此知道了當隱形人的感覺。

「我是隱形人。」我在午飯時對凱文說，「沒有人聽見我說話，沒有人看見我，我是該死的隱形人。」

凱文只是看著午餐搖頭。

「這會持續多久？」我問。

他聳聳肩。

「我做了些什麼？」我不由自主提高了音量。

他咀嚼食物，瞪視著前方，最後說：「你知道你做了什麼。」

我把他當成瘋了那樣看著他，又對他再發了一些牢騷。但他當然沒有說錯：我清楚知道自己做了什麼。我讓自己和一個不受歡迎人物掛鉤在一起。這是我的罪。

25

幾天過去了，我繼續躲避星星女孩。我想要她的感情，我想要他們的感情，兩者看來不可兼得，所以我什麼都不做。我採取逃避政策。

但她沒有放棄我。她逮住了我。有一天放學後，她在電視攝影棚找到我。我感覺有手指在我頸背滑動，抓住我的衣領，把我往後拉。工作人員都看著我。「伯洛克先生，」我聽見她說。「我們需要談談。」從她的聲音，聽得出來她的臉上沒有笑容。她放開我的衣領，我尾隨她走出房間。操場裡有對情侶正在棕櫚樹下的長椅上情話綿綿，但一看到我們馬上走開。所以我們就在那兒坐下。

「我們是已經分手了嗎？」她問。

「我不想。」

「那為什麼你要躲著我？」

被迫面對她，被迫和她說話，我感覺我的勇氣增加了。「有些事情必須改變，這是我唯一知道的。」

「你是說更換衣服嗎？還是說更換輪胎？我應該為腳踏車換輪胎嗎？這樣就可以了嗎？」

「不好笑，妳知道我的意思。」

她看出來我不高興，表情嚴肅了起來。

「大家不再和我說話。」我說。我凝視她，希望她聽進我的意思。「打從我搬到這裡就認識的人不再和我說話，他們假裝沒看見我。」

她伸出手，用指尖輕輕摩擦我的手背，眼神憂傷。「我對別人假裝看不見你感到難過。被人假裝看不見的感覺很不好，對不對？」

我把手抽走。「妳來告訴我那是什麼感覺吧。沒有人和妳說話不會讓妳難過嗎？」這是我第一次向她提她被迴避的事。

她面露微笑。「朵麗和我說話，你和我說話，阿契和我說話，我爸媽和我說話，『肉桂』和我說話，巨人柱先生和我說話，我和我自己說話。」

她側頭看著我，等著我回她一個微笑，但我沒有回。「**你**打算不再和我說話嗎？」

「這不是問題所在。」我說。

「什麼是問題所在？」

「問題是在……」我設法從她的臉讀出她的心思，但讀不出來。「為什麼妳會滴答響[19]？」

「這麼說我是個**時鐘**囉！」

我轉過頭。「看吧，我沒有辦法和妳說話，妳把我說的一切當成笑話。」她用雙手捧著我的臉，把我的臉轉向她。我希望沒有人從窗戶看著我們。「好吧，現在講正經的。來吧，再問我一次那個『滴答響』問題，或者是其他任何問題都可以。」

我搖搖頭。「妳不在乎，對吧？」

這個問題讓她感到驚訝。「不在乎？里歐，你怎麼可以說我不在乎？我們去過那麼多地方，我們一起送出過那麼多卡片和盆栽，你怎麼可以說我——」

[19] 這是一句俚語，指「為什麼妳會做妳做的那些事？」原文為 what makes you tick?

「我不是這個意思，我是說你不在乎別人怎麼想。」

「我在乎你怎麼想，我在乎——」

「我知道，你在乎『肉桂』和巨人柱先生怎麼想。但我談的是這間學校，這個城鎮，我談的是每個人。」

她猶豫地說：「每個人？」

「對。妳看起來不在乎每個人怎麼想，妳看起來**不知道**每個人怎麼想，妳——」

她插嘴說：「你知道？」

我想了一下，用力點頭。「對，我想我知道。我和每個人有聯繫，我是他們的一分子，我怎麼可能不知道？」

「他們的想法重要嗎？」

「重要，當然重要。看看這裡發生了什麼事。」我說，指著環繞著我們的校園。「沒有人和我們說話。別人的想法妳不能完全無視，妳不能為其他球隊加油而期待學校會愛妳這樣的行為。」我憋了好幾個星期的話源源而出，「科瓦奇——看在老天的分上，妳當時到底是在搞什麼！」

她感到困惑：「誰是科瓦奇？」

「太陽谷隊那個球星，摔斷腳踝的那個。」

她仍然茫然：「他怎麼了？」

「他怎麼了？該問的是**妳怎麼了**！妳為什麼要讓他的頭靠在妳大腿上？」

「因為他受傷了啊。」

「他是敵人，星星女孩！蘇珊！他是**敵人**。」她愣愣地瞪著我，聽到蘇珊兩個字的時候眨了眨眼。「那裡有上千個太陽谷隊的人在場。他有自己的人會照顧他，他有自己的教練，有自己的隊友，有自己啦啦隊隊員的大腿可以靠。妳需要操心的是自己的球隊。」我尖聲說。我站起來走開，然後又往回走，向她探身：「為什麼妳不能讓他自己的人照顧他就好？」

她看著我很長一段時間，就像想從我的臉上找到她的解釋。最後她含含糊糊地說：「我不知道原因，當時我沒有想，直接就做了。」

我抽回身體，我很想對她說：**我希望妳滿意了，因為大家為妳所做的討厭妳**。但不忍心說出口。

現在我為她感到難過。我坐回到她身邊，握住她的手，面帶微笑，以儘可能溫柔的方式說話：「星星女孩，妳不能總是按照妳的方式做事。如果妳不是一直都是在家自學，妳就會了解這個道理。妳不能一早醒來就說妳不在乎世界上其他人怎麼想。」

她雙眼圓睜，聲音像小女孩一樣尖細：「不能嗎？」

「除非你想當隱士。」

她用裙襬輕輕拂過我的運動鞋，拂掉上頭一些灰塵。「但要怎樣才能知道世界上其他人是怎麼想的？有時候我連自己是怎麼想的都幾乎不知道。」

「根本不需要想。」我說，「妳本來就知道，因為人與人是有連結的。」

她放在地上的帆布袋有動靜，是「肉桂」在動。星星女孩臉上出現一連串的表情，最後突然開始啜泣。「原來我和大家沒有連結！」她向我伸出雙手，我們在長凳上擁抱起來，之後一起走回家。

接下來兩天，我們繼續談這個話題，我向她說明別人的思考方式。我說妳不能為所有人加油，她問為什麼不能。我說因為每個人都是歸屬於一個群體，不是歸屬於所有人，她問為什麼不是。我說妳不能貿然闖進一個陌生人的喪禮，她問為什麼不可以。我說就是不行，她問為什麼。我說妳必須尊重別人的隱私，有些行為舉止不受人歡迎。我說不是每個人都喜歡有人對他們彈烏克麗麗和唱生日快樂歌。會有這樣的人嗎？她問。

我指出團體意識是很強的東西，八成是一種本能。到處都能看見團體——小至家庭，大至一個城鎮或一所學校，再到真正大的團體，例如整個國家。她問，那麼真正、真正大的團體又怎樣，例如整個地球又怎樣？我說一切都是如此。重點是在一個團體中，每個人都應該以差不多的方式行動，因為這是讓團體得以維繫的方法。每個人？她問。幾乎是每個人，我說，監獄和精神病院就是為不合群的人而設。「你認為我應該坐牢？」她問。「我認為妳應該努力合群。」我說。

「為什麼？」她問。

「因為……」我說。

「告訴我。」她說。

「不好說。」我說。

「說吧。」她說。

「因為否則就會沒有人喜歡妳，」我說，「這就是原因。」

「沒有人？」她說，眼睛像天空一樣覆蓋著我。「**沒有人？**」

我想要裝傻，卻不管用。「別看著我，」我說，「我是在說其他人，我是說他們。如果可以由我決定，我不會改變任何事。我對妳現在的樣子沒有意見。但這世界上不是只有你我兩個。不管喜不喜歡，我們都是住在一個有他們的世界裡。」

我盡力把重點擺在「他們」身上，我沒有提我自己。我沒有要她為我做改變，我沒有說如果妳不改變就忘了我吧。我沒有那樣說。

兩天後，星星女孩消失了。

26

通常我在上課前會在操場看到她，但是那天沒有。通常在上午的課間，我會在走廊裡遇到她一或兩次，但是那天沒有。事實上，當我在餐廳裡望向她的桌子時，只看見朵麗·狄爾森和另外一個人坐在一起，沒看見星星女孩。

走出餐廳時，我背後傳來笑聲，接著是星星女孩的聲音：「要怎麼做才能得到別人的注意？」

我轉過身，卻發現那不是星星女孩。站在我面前咧嘴而笑的女孩穿著牛仔褲和涼鞋，塗著火紅的指甲油和口紅，搽了眼影，手指上戴著戒指，腳趾上戴著趾環，還戴著大到我的手可以穿過去的圓圈耳環。

在其他學生成群從我旁邊經過時，我目瞪口呆看著她。她做了個鬼臉，然後她開始變得有點依稀眼熟，我猶豫地低聲問道：「星星女孩？」

她眨眨巧克力色眼睫毛。「星星女孩？那是什麼怪名字？我叫蘇珊。」

就這樣，星星女孩消失了，由蘇珊取而代之。蘇珊．朱莉亞．卡拉韋，她本來一直應該是的那個女孩。

我無法移開目光，她用雙臂抱著課本，向日葵帆布袋沒有了，老鼠沒有了，烏克麗麗沒有了。她慢慢轉了一圈，讓張口結舌的我看個清楚。我沒看到任何古怪或與眾不同之處，她看起來平常得美妙絕倫，她看起來和「邁中」其他一百個女生沒兩樣。星星女孩消失在**她們**的大海中，我心花怒放。她抽出一片口香糖，放入嘴巴大聲咀嚼。她向我使使眼色，她伸出手，像我祖母那樣捏我臉頰，說道：「最近可好，小可愛？」雖然人來人往，但我一把抱住她，我不在乎別人是不是在看。事實上，我希望他們在看。我緊緊抱住她和擠壓她，感覺到這輩子最大的快樂和驕傲。

我們一起度過許多時光，我們手牽手走過走廊、上下樓梯和走在操場裡。在餐廳，我把她拉到我們這一桌。我本來也想邀請朵麗．狄爾森，但她不見了。我笑著，坐在那裡看凱文和蘇珊邊吃三明治邊聊天。他們拿「熱椅」那次慘不忍睹的錄影過程開玩笑。蘇珊建議「熱椅」應該訪問我，但凱文說不行，他說我太害羞。我說我變了。我們都笑了起來。

我確實不再害羞了。現在我走路不是走路，而是昂首闊步。我是蘇珊．卡拉韋的男朋友。蘇珊．卡拉韋？是別髮夾和戴趾環的那個女孩？沒錯，就是她，我的女朋友。喊我「蘇珊先生」。

我開始說「我們」而不是說「我」，像「我們在那裡和你碰面」或「我們喜歡吃墨西哥捲餅」。

只要一有機會，我就會大聲說出她的名字，就像吹泡泡那樣。其他時候我會對自己說。

蘇珊，蘇珊，蘇珊。

我們一起做功課，一起和凱文出去玩。我們不再尾隨陌生人，改為看電影，一起伸手到用六塊錢買的超級爆米花桶。我們不再買非洲紫蘿蘭，改買肉桂糖，並舔掉對方手指上的糖霜。

我們走進「皮莎披薩店」，我們對掛在剛進門地方的那面告示板視而不見。我們共享一片披薩，這披薩半片是義大利紅腸口味，半片是鯷魚口味。

「鯷魚耶，好噁。」我說。

「鯷魚有什麼不好？」她問。

「妳怎麼敢吃啊！沒有人吃鯷魚的。」

我是開玩笑，但她卻認真起來。「沒有人？」

「我認識的人都不吃。」

她把她那半片披薩上的鯷魚撕了起來，丟進水杯。

我試圖阻止她。「等等。」

她把我的手推開，把最後一點鯷魚也丟進水杯裡。「我不想要和別人不一樣。」她說。

吃完走出披薩店時，我們還是沒看告示板半眼。

她瘋狂購物，瘋狂的程度就像她才剛發現有衣服這樣的東西。她買了很多襯衫、長褲、短褲、飾品和化妝品。我注意到這些衣物有一個共通處：全都是名牌，有著顯眼的牌子標籤。她看來不是根據顏色或款式選購，而是根據標籤大小。

她一直追問我其他同學都在做什麼、買什麼、說什麼和想什麼。她假想出一個叫「伊芙琳．人人」的女生，然後不斷問我：「人人都會這樣做嗎？」「人人都會那樣做嗎？」

有時她會做得太過火，例如在笑這件事情就是如此。有好幾天，她動不動就笑。她不只是笑，還是大笑，引得餐廳裡其他人轉頭看她。當我正鼓起勇氣想說些什麼時，她看著我和凱文，問道：「伊芙琳會笑這麼多嗎？」凱文瞪著他的三明治看，我膽怯地搖搖頭。笑聲停止了。從那一刻開始，她完美地扮演起一個撅著嘴、繃著臉的少女。

就各方面來說她都變成了一個標準、正常、平凡和普通的少女。但這沒有起作用。起初我沒有注意也不太在意別人的冷若冰霜態度是否持續，我太忙著樂在她的改變之中。我唯一遺憾的是籃球季無法重來一遍，在我的幻想裡，她把她不可思議的熱力和精力完全投注在「電子隊」身上，而「電子隊」也因為她的加油所向無敵。

是她首先說出來：「他們仍然不喜歡我。」當時是放學後，我們站在電視攝影棚外面。一如往常，路過的人把我們當成不存在。她的嘴脣微微顫抖：「我做錯了什麼？」淚光讓她的眼睛看起來更大一雙。

我用力握她的手。我說她想看見變化要有耐心。我指出高中籃球州冠軍賽星期六在鳳凰城舉行，而只要球季一結束，大家就會忘記她為其他球隊加油的罪過。

她哭得睫毛膏化成一團。我以前也好幾次看過她傷心的樣子，但每次她都是為別人傷心。這次不一樣，這次她是為了自己傷心。我對此無能為力，我不知道要怎麼給一個啦啦隊隊員加油打氣。當晚我們一起在她家做功課。我悄悄走入她房間，查看快樂推車。推車裡只有兩顆小石頭。

第二天去到學校的時候，我感覺操場裡的氣氛與平日不同。陸續到校的學生有些四處走動，有些聚在一起，但是當我靠近時，發現大家似乎都刻意避開棕櫚樹四周。我朝那個方向走去，穿過人群之後看見有個人坐在長凳上，那是蘇珊。她面帶微笑，挺直身體，一隻手裡拿著一枝一英尺長、樣子像鳥爪的東西。她脖子上用繩子掛著一塊標語，上面寫著：**和我說話的話我就會為你抓背**。但是沒有人有興趣，沒有任何人走進她二十英尺的範圍內。

我趕快掉頭，往回走過人群，我假裝我在找另一個人，我假裝我沒有看見剛才這一幕。我在心裡祈求上課鈴趕快響起。

當天稍後我再看到她的時候，標語已經不見了。她沒有提這件事，我也沒有。

第二天早上，她在操場裡朝我跑過來，她的眼睛裡閃爍著光芒，而這是這段日子以來的第一次。她用雙手抓住我和搖晃我：「很快就會沒事了！快結束了！我看見了一個異象！」

她告訴了我事情的經過。昨天她在晚餐後去了她的「奇幻之地」，就是在那裡，異象降臨了。她看見自己從亞利桑那州演講比賽凱旋歸來，她贏得了第一名，是全州最棒的。回到學校時，她受到英雄式歡迎，就像我們在禮堂影片看過的那樣。全校的人都在停車場裡迎接她，彩帶和五彩紙屑漫天飛舞，鴨子笛的笛聲和號角聲響徹雲霄。市長和市議會所有議員都來了，眾人當場就舉辦了一場遊行。她高坐在敞篷車後座，高高舉起冠軍獎盤，好讓大家看得到，同學們興奮的臉龐倒映在閃亮的獎盤上。告訴我這個異象之後，她張開雙臂，高聲說：「我將要變得受歡迎了！」

州演講比賽還有一星期，她每天都會練習。有一天她把小彼得和他的玩伴找來坐在她家前台階，聽她演講。聽完後我們又是鼓掌又吹口哨，她深深一鞠躬。這時我也開始看見她的異象，我看見彩帶飛舞，聽見群眾歡呼，深信事情一定會成真。

27

「……我們對妳致以最衷心的祝福，蘇珊・卡拉韋。」

學校大廳迴響著擴音器的廣播聲。我們即將前往鳳凰城，負責開車載我們去的是麥克沙恩老師，他是「邁中」的校方代表。我和蘇珊坐在後座。蘇珊爸媽自己開一輛車，和我們在鳳凰城會合。

車子開出停車場的時候，她在我面前晃動一根手指。「先生，你可不要太得意。我獲准邀請兩個朋友同行，你不是我唯一邀請的人。」

「另一個是誰？」我問。

「朵麗。」

「這樣的話我恐怕要得意了。朵麗不是男生。」

她咧嘴而笑：「對，她不是。」她突然解開安全帶——當時我們各自坐在靠車窗的位置。「麥克沙恩老師，」她說，「我要移過去靠近里歐坐，他太可愛了，我忍不住。」

在後照鏡裡，麥克沙恩老師瞇起眼睛。「妳想怎樣都可以，蘇珊。今天是妳的日子。」

星星女孩把屁股移到中間位置，扣上安全帶。她戳戳我說：「聽見沒有，今天是我的日子，我想做什麼都可以。」

「妳邀請朵麗・狄爾森時她怎麼說？」我問。

「她說不要。她生我的氣。」

「我了解原因。」

「自從我當回蘇珊之後，她就認為我背叛了自己。她就是無法了解受歡迎這件事有多重要。」

我不太知道該怎麼接話，我感覺有點不自在。幸而在兩小時的車程裡，我不需要為找話說傷腦筋，因為蘇珊就像從前的星星女孩一樣，總是說個不停。

「但是我了解朵麗，」她說，「有一件事我可以給你打保證。」

「什麼事？」

「當我們明天回到學校，她將會站在歡迎我們的人群的最前面。」

我後來知道在我們離開學校之後，校長又在擴音器中說了話。他表示他希望全體師生星期日在我們預定回到學校的時間前來迎接我們——不管比賽是輸是贏。

不過，星星女孩從沒想過她有輸的可能。

「你可以幫我一個忙嗎？」她問。

我說當然可以。

「冠軍不是會得到一個大獎盤嗎？我在家裡一向無法牢牢拿穩盤子，所以當人群擠向我們的時候，你可以幫我拿著它嗎？我怕我會摔掉。」

我看著她，「什麼人群？什麼會擠向我們？」

「就是明天我們回來時等在學校停車場的人群啊。凱旋的英雄總是受到人群歡迎。記得學校裡放的那齣電影嗎？記得我的異象嗎？」她側著頭凝視我的眼睛，用指關節敲我額頭。「哈囉，有人在家嗎？」

「哦，」我說，「妳是說**那群**人群。」

她點點頭：「正是。當然，只要我們還在車裡面，就會是安全的。但一等我們下了車，天曉得會發生什麼事。群眾有時可以非常瘋狂，你說是不是，麥克沙恩老師？」

老師點點頭說：「我聽說是這樣。」

她像教導一個一年級生那樣對我說話：「里歐，邁卡城從沒有發生過這種事，從沒有出過一個州演講比賽冠軍。聽到我得獎的消息，全城人一定會樂翻。當他們看到我和獎盤時——」說到這裡她翻翻白眼和吹了口口哨。「我只希望他們不要失去控制。」

「警方會維持秩序的，」我說，「也許他們還會把國民兵找來。」

她瞪大眼睛：「你這樣認為？」她問，不知道我只是開玩笑。「好吧，」她說，「其實我不擔心自己的安全，也不介意一些小推擠。你認為他們會推擠嗎，麥克沙恩老師？」

他的眼睛在後照鏡中轉向我們。「很難說得準。」

「如果他們想要把我扛在肩上也沒關係，但最好不要。」她用手指戳戳我。「最好不要弄壞我的獎盤，所以——」說著又戳了我一下。「你要緊緊拿好它。」

我希望麥克沙恩老師會挺身說些什麼。「蘇珊，」我說，「妳聽過『別急著數小雞』這句話嗎？」

「你是說『別在小雞孵出來之前急著數小雞』？」

「對。」

「我聽說不應該急著數小雞。」

「對。」

她若有所思地點點頭。「我一直覺得這話沒有道理。我是說如果你**知道**牠們一定會孵出來，為什麼不能數？」

「因為你無法知道，」我說，「這種事沒有保證。我很不想這麼跟妳說，但妳不是唯一參加比賽的，其他參賽者也可能會贏，妳可能會輸，這些都是有可能的。」

她想了一下子之後搖搖頭。「不會。不可能。所以——」張開雙臂，滿臉笑靨。「為什麼要推遲享受好心情的時間呢？慶祝要趁早——這是我的座右銘。」她把鼻子湊向我。「你的座右銘又是什麼，大男孩？」

「別急著數小雞。」我說。

她諷刺地裝出發抖的樣子。「唉，里歐，你真是個掃興鬼。麥克沙恩老師，你的座右銘是什麼？」

「是『小心駕駛』，」他說，「因為你的車上可能載著一個冠軍。」

這話讓她開懷大笑。

「老師，」我說，「你在幫倒忙。」

「對不起。」他假裝道歉。

我看著她：「妳就要參加州比賽了，難道一點都不緊張嗎？」

她臉上的笑容消失了。「對，我會緊張。我很緊張。我只是希望我們回到學校的時候情況不會失控。我從沒有被人群崇拜過，不確定要怎樣回應。我希望我不會得大頭症。麥克沙恩老師，你覺得我是那種人嗎？」

我舉起手。「我可以回答這個問題嗎？」

「我覺得妳的頭剛剛好。」老師說。

她用手肘頂我。「聽見沒有，萬事通先生？」她說，一臉沾沾自喜的樣子，隨即猛地伸出雙手，大聲說：「他們將會愛上我！」

麥克沙恩老師搖搖頭和吃吃笑。我不再試著勸她不要想太滿，閉口不語。

她指著窗外。「你們看，沙漠都在慶祝呢。」

看來真的是這樣，本來毫無生氣的仙人掌和灌木都染上了四月的顏色，就像大畫家的畫筆在此揮過，這邊添點黃色，那邊添點紅色。

蘇珊挺起身子，拉緊了安全帶。「麥克沙恩老師，我們可以在這裡停一停嗎？一分鐘就好，拜託啦！」她看到老師有點遲疑，便補充說：「你說過今天是我的日子，我想怎樣都可以。」

車子停在了碎石路邊，才一眨眼她便跑下車，在沙漠裡奔跑起來。她在長滿刺的原生植物叢裡跳躍、轉圈和翻筋斗。她向一棵絲蘭鞠躬；和一棵巨人柱仙人掌跳華爾滋；她從一棵金琥仙人掌摘下一朵紅花，插在自己頭髮上；她練習向歡迎她凱旋歸來的人群微笑、點頭和揮手；她從仙人掌上折下一根刺，學馬戲團小丑表演默劇的樣子，假裝用它來剔牙。

我和麥克沙恩老師挨在車身上大笑。突然，她停下動作，側頭凝視另一個方向。她整整兩分鐘保持這個姿勢，然後忽然轉過身，跑回車子上。

她一副若有所思的樣子。當車子再度開出時，她問道：「麥克沙恩老師，你聽說過任何絕種的鳥類嗎？」

「旅鴿。」他說，「旅鴿十之八九是最多人聽過的絕種鳥類。聽說牠們數量曾經多到可以遮蔽整片天空。另外還有摩亞鳥。」

「摩亞鳥？」

「一種大鳥。」

「像禿鷹一樣大嗎？」我問。

他笑了起來。「禿鷹還不到牠的膝蓋高呢，鴕鳥和牠比都算小的。牠身高約十二、十三英尺，也許是有史以來最大的鳥類。這種鳥不會飛，生活在紐西蘭，幾百年前絕種，是被人類殺光的。」

「人類只有牠們一半大小。」蘇珊說。

麥克沙恩老師點點頭。「嗯，我小學時寫過一篇關於摩亞鳥的報告，我認為牠們是最特別的生物。」

蘇珊的眼睛亮了起來。「摩亞鳥會叫嗎？」

老師想了一想。「我不知道，我也不知道有沒有人知道。」

蘇珊看著窗外不斷掠過的沙漠。「我剛剛聽見一隻仿聲鳥[20]在叫，讓我想起阿契說過的話。」

「布魯貝克先生？」麥克沙恩老師說。

「對。他說他相信仿聲鳥不只會模仿其他鳥類的聲音——我是說其他現存的鳥類。他猜想牠們還會模仿不再存在的鳥類的叫聲，認為牠們把已絕種鳥類的叫聲一代傳一代。」

「有趣的想法。」麥克沙恩老師說。

「他說當一隻仿聲鳥唱歌，就是把化石扔到了空中。誰知道我們聽到的是哪種古老生物的歌聲。」

阿契．布魯貝克的話讓車內陷入沉靜。麥克沙恩老師就像看得透我的心思那樣，關掉冷氣，打開窗戶。我們的頭髮在牧豆樹淡淡的煙霧氣息中飄動。

過了一會兒，我感覺蘇珊的手在觸碰我，她的五指穿過我的五指。

「麥克沙恩老師，」她嬌怯地說，「我們在後座牽手。」

「呃噢，荷爾蒙旺盛的少年人。」

「你不認為他很可愛嗎？麥克沙恩老師。」

---

20 仿聲鳥：嘲鶇的俗稱，善模仿其他鳥的叫聲，故稱之為「仿聲鳥」。

「我從沒有想過這個。」老師說。

「那好，你現在看看。」她說，抓住我的臉向前拉。老師從後照鏡中很快地打量我一眼。

「妳說得對。他討人喜歡。」

蘇珊放開我漲紅的臉。「我就說嘛。難道你不會愛上他嗎？」

「還不至於。」

一分鐘後：「麥克沙恩老師……」現在我感覺有什麼在我耳朵中。「我正在把手指放入他的耳朵。」

諸如此類的蠢事一直持續到我們繞過一座平頂山，看到地平線上的一團褐色霧霾。鳳凰城快到了。

28

蘇珊爸媽和我們在飯店大廳會合。我、蘇珊和麥克沙恩老師在飯店裡各有一間房間。辦好入住手續之後，我們五人在飯店餐廳裡吃了自助式午餐。然後我們看著蘇珊登上一輛遊覽車，和其他十八名參賽者一起前往鳳凰城西區高中。全部參賽者共三十八人，其中十九人已經在早上演講過。

下午會選出十名晉級者參加今晚舉行的決賽。

老實說，我們都不驚訝看到蘇珊成功晉級，她的表現棒極了。讓我們驚訝的是這個：她的演講內容是全新的。那不是她在「邁中」發表的那一篇，不是她在我、彼得．辛克維茲和各種仙人掌面前練習了幾星期的那一篇，也不是我昨天才聽到的那一篇。

但很精彩。

其中包含一些舊演講的元素，但很大部分是新的，就像那天早晨一樣新。她像隻蝴蝶那樣飛落在一個又一個意象上。她從遠古（「巴尼」）談到現在（「肉桂」），再談到未來（太陽的死亡）。她從發生在近處的最平常事情（那個在「都鐸村」長凳上打盹的老人）談到發生在遠處的不尋常事情（靠近宇宙邊緣發現的新星系）。她談到了「銀色午餐車」、名牌服裝標籤和「奇幻之地」，而當她提到她最好的朋友讓她的寵物坐在肩上時，淚水在我眼眶打滾。她的演講內容是個大雜燴，但她卻能用在沙漠裡孤單唱歌的仿聲鳥的聲音將各種迥然不同的元素貫串起來。她把她的演講題目稱為「我也許聽到了一隻摩亞鳥唱歌」。

禮堂坐了半滿，大部分聽眾都是參賽學校的學生和家長。當一名參賽者演講完畢，他或她的支持者會吹口哨和喝采，好像這麼做能夠影響評審，其他人則是禮貌性地鼓掌。

當蘇珊演講完畢，我們四個人只是稍微歡呼了一下。我們沒有吹口哨，沒有大聲叫好，我覺得我們比演講者本人害羞得多。

回到飯店，我和麥克沙恩老師圍著她不斷讚美。她爸媽比較含蓄，只是滿臉堆笑和反覆說「講得好」。他們看來就像蘇珊本人一樣，對她的表現傑出並不驚訝。

三個大人去了禮品店之後，我問她：「妳的演講內容是打哪來的？」

她咧嘴而笑：「你喜歡嗎？」

「當然，但那不是我這個月來一直聽到的那一篇。難不成妳私底下偷偷練習另一篇？」

她笑得更開懷：「沒有啦，今天這一篇我也是第一次聽到。」

我瞪著她，慢慢消化她的話。「讓我弄清楚。妳是說妳的演講稿是今天早上才擬的？」

「我根本就沒有擬什麼演講稿。內容是現成的，我張開嘴巴它就自己跑出來。」她伸出雙手，彈彈手指說：「變！」

我目瞪口呆。「那妳今晚準備講些什麼？」

她雙手一攤：「天曉得！」

我們五人在飯店餐廳提早吃晚餐，之後蘇珊上樓換衣服，我們在大廳等待。她穿著蜜桃色的褲裝從電梯中走出來，她以模特兒姿勢走過大廳，向我們展示新裝。她坐到媽媽大腿上說：「這是我的私人裁縫為我量身訂造的。」我們輕聲鼓掌，然後送她上遊覽車。

晚上比賽開放給一般民眾觀看，整個禮堂坐滿了人，有些人站在後方。高中管弦樂隊在舞台下方演奏著約翰．蘇薩的輕快活潑曲子。台上坐著十名參賽者，其中七人是男生。所有參賽者都凝重緊張，僵硬得像假人，只有蘇珊例外。她彎身湊在鄰座的男生耳邊講個不停，對方偶爾點頭，但眼睛正視前方，坐姿直挺，很明顯希望蘇珊閉嘴。蘇珊爸媽對女兒的行為發出會心微笑，我則盡力隱藏醋意。

參賽者一個接一個走到舞台中央發表演講，每個都獲得熱烈掌聲。一個穿著滾邊白裙的小學女生獻給每位參賽者一束玫瑰花，女生得到黃色，男生得到紅色。女生們抱著玫瑰花，男生們則把花看成是手榴彈似的，充滿戒心。

蘇珊是倒數第二個發表演講的人。當她的名字被叫到的時候，她從椅子上跳起來，幾乎是用跑的跑向麥克風。在麥克風後面，她輕巧地以腳尖旋轉一圈，行了個屈膝禮，再以抹窗的手勢把手一揮，說了聲「嗨」。因為習慣了僵硬拘謹的參賽者，觀眾對這樣的轉變報以不確定的笑聲。他們就像我們在開學第一天那樣，不知道該怎樣回應這個不按牌理出牌的少女。

有幾個大膽的人揮手回了聲「嗨」。

她沒有開始演講，至少是沒有按照我們認為正常的方式開始。她沒有響亮的開場白，只是站在那兒輕鬆地跟大家聊著，好像我們這些聽眾都坐在她家前門廊的搖椅上。禮堂裡傳出耳語，大家都在等她正式開始演講。然後，當大家開始了解演講已經開始而他們正在錯過它的時候，耳語才漸漸弱下來。最後整個禮堂陷入絕對的寂靜。我對聽眾動靜的注意猶甚於對演講內容，而在演講的最後五分鐘，我甚至聽不見聽眾的呼吸聲。當她以近乎耳語的小聲說出最後一句話「你們聽見了嗎？」，她身體前傾，手放在耳邊比成聽筒狀。這時，在場的一千五百名聽眾似乎同時向前挪了挪身體，凝神傾聽。有十秒鐘時間，毫無雜質的寂靜籠罩一切。然後她突然轉身，走回座位。這時觀眾仍然毫無反應，我心裡納悶：「是怎麼回事？」她坐在椅子的前端，雙手規矩地交疊在大腿上。接著大家像如夢初醒般報以最熱烈的掌聲，我們全都站了起來，又鼓掌又大叫又吹口哨，我發現自己在啜泣。歡呼聲就像籃球冠軍賽時觀眾發出的一樣狂野。

29

就像她自己之前斷言的那樣，她獲得了冠軍。

她獲頒的獎盤在鎂光燈構成的銀河中光芒四射。兩家電視台的工作人員以燈光籠罩著她，並在後台訪問她。陌生人簇擁著她，鳳凰城居民滔滔不絕地告訴她，他們歷年來聽過的演講從來沒有她這次的精彩；小學生把節目單塞到她手裡，要她簽名；每個家長都希望有像她這樣的女兒；每個老師都渴盼有她這樣的學生。

她快樂極了，自豪極了。她看到我們的時候又哭又叫，輪流緊緊抱住我們每個人，我甚至以為她要把我勒到斷氣呢。

回到飯店的時候，似乎每個人——包括門房、櫃檯經理、大廳和電梯裡的客人——都已經知道了她得勝的消息。突然間，她有了一種神奇美妙的力量：看見她的人都會微笑。英語看似縮小成為了一個不斷不斷重複的單字：「恭喜！」

我們在附近街上到處走，以消耗我們過度興奮的精神。回到飯店之後，我們被邀請到夜總會去玩——儘管我和蘇珊還沒有成年。我們喝薑汁汽水，吃墨西哥辣椒鑲乳酪。當我們隨著西部鄉村樂團的音樂起舞時，蘇珊的笑臉出現在吧台上方正在播報夜間新聞的電視螢幕。舞池是她唯一沒有帶著冠軍獎盤的地方。

第二天早上，她頭一件做的事是把頭版印有她照片的《亞利桑那共和報》塞進我房間門縫。我坐在床沿注視著照片，心中充滿驕傲。報導形容她的演講「具有催眠性、迷幻性和不可思議的感人力量」。我想像送報車載著一落落報紙，給邁卡城家家戶戶送上一份。

我們一起吃自助式早餐，餐廳裡的人都望向我們，點頭微笑，靜靜地用嘴型說「恭喜」。我們開著由兩輛車組成的車隊打道回府。

一開始，蘇珊還是如往常一樣，嘰哩呱啦地說個不停。她把銀獎盤放在麥克沙恩老師旁邊的副駕駛座，她說獎盤會在副駕駛座上待整整十分鐘，讓老師盡情碰觸。這是為了報答他分享摩亞鳥的事。十分鐘一到，她便收回獎盤。

我們越駛近邁卡城，她的話就變得越少，最終完全不語，最後幾英里路車子在靜靜中行駛著。她握住我的手，隨著我們越來越靠近學校而握得越來越緊。當我們到達城鎮郊區時，她轉臉問我：「我的樣子還好看吧？」

我說好看極了。

她似乎不相信，拿起獎盤打量自己的倒影。

然後她再次轉頭看我，看了好一會兒之後才說：「我一直在想，我等一下要自己拿著獎盤。好嗎？」

我點點頭。

「直到……直到他們把我扛在肩膀上為止，那時我就把它交給你保管，明白了嗎？」

我點點頭。

「所以你要緊靠著我，每一秒鐘都緊靠著。你知道的，人群可能會把我們分開，他們會這樣的。你做得到嗎？」

我點點頭。「沒有問題。」

她的手發熱又流汗。

我們開車經過一個站在自家車道上的男人，他將大得像掃把的刷子浸入一個桶子，把黑色密封漆塗在柏油路面上。他在正午的陽光下彎腰，專注地工作。但不知怎地，在那一刻，我預感到即將發生什麼事，我看出來事情不妙，我想大聲對麥克沙恩老師說：「不要轉彎，不要到那裡去。」

但他已經轉彎，接著學校就出現在我們面前，而我這輩子從來沒有看過那麼空蕩蕩的地方，沒有布條，沒有人，沒有車。

「一定是在後頭。」麥克沙恩老師說，他的聲音沙啞。「一定是在停車場。」

我們繞到後面的停車場去。不錯，那裡有一輛車——不，不是一輛而是兩輛。一共三個人，他們在陽光下用手遮住額頭，看著我們。其中兩人是老師，另一個是學生：朵麗·狄爾森。她沒有和老師們站在一起，獨自站在如閃爍黑色海洋的柏油地上。我們駛近時，她舉起一面牌子——一塊比籃板還要大的厚紙板。她握住牌子的邊緣，把它頂著，人被牌子遮住，牌子上用紅色字寫著：

幹得好
蘇珊
我們為妳
感到驕傲

我們的車子在牌子前面停下來。我們只看到朵麗．狄爾森抓住牌子邊邊的手指。當我們靠得夠近，足以看見牌子在顫抖時，我們知道朵麗正在牌子後面哭泣。沒有五彩紙屑，沒有鴨子笛笛聲，沒有歡呼聲，甚至沒有仿聲鳥的叫聲。

30

當我們驚訝和無言地瞪著牌子時，蘇珊的爸媽走過來，把她帶出老師的車子。就像他們對待所有事情一樣，他們對當前發生的事並沒有流露出特別的訝異或激動。蘇珊神情恍惚坐在我旁邊，透過擋風玻璃茫然地看著那面牌子。她的手鬆開我的手。我試著找話講，卻不知該說什麼。當她爸媽過來時，她順從地被他們帶走。她下車的那一刻，銀獎盤滑出她的大腿，摔在柏油地上，發出喪鐘一樣的響聲。她爸爸撿起獎盤，我以為他會把它帶走，沒想到他卻彎身到後座，臉上露出一抹奇怪的笑容，將獎盤遞給我。

星期天接下來的時間我沒有再看到她。到了星期一，她又變回星星女孩，穿著及地長裙，頭上綁著蝴蝶結，就像以前一樣。

午餐時，她走到每張桌子分送笑臉餅乾，甚至給了希拉蕊．金寶一塊。希拉蕊脫下一隻鞋子，當成鎚子，把餅乾砸碎在桌子上。星星女孩遊走在我們中間，彈著烏克麗麗，等著我們點歌。「肉桂」坐在她的肩上，身上掛著個迷你烏克麗麗玩具。她把聲音裝得尖細，讓嘴脣靜止不動，讓人感覺像是「肉桂」在唱歌。朵麗．狄爾森站起來鼓掌。她是唯一鼓掌的人，我太震驚，沒有加入她的行列。還有一個原因是因為我太懦弱，也因為我很憤怒，而且我不想表示贊同她變回星星女孩。大部分學生看也不看她，甚至彷彿聽不見她唱歌。上課鈴響後，我們離開餐廳。我往回望，看見笑臉餅乾被留在一張張桌子上。

放學後和她一起走路回家時，我問道：「我猜妳要放棄了，對不對？」

她望向我。「放棄？放棄什麼？」

「放棄變得受歡迎，放棄變得……」我該怎麼說呢？

她微笑著說：「放棄變得正常！」

我聳聳肩。

「沒錯。」她堅定地說。

「什麼沒錯？」

「我是在回答你的問題。不錯，我是要放棄努力變得受歡迎和正常。」

她臉上的表情和身體語言似乎和她說的話不一致。她看來既開心又精神奕奕，坐在她肩上的「肉桂」也是這樣。

「妳有沒有想過妳也許應該低調一點點，不要那樣張揚？」

她對著我微笑。她伸出手，用指尖摸摸我鼻尖。「因為我們是住在一個有他們的世界裡，對不對？你跟我說過了。」

我們互相凝視。她在我臉上一吻之後走開，走兩步後又轉過身說：「我知道你不打算邀請我去福桂樹舞會，沒關係。」她給了我一個有著無限仁慈和體諒的微笑，我看過她給許多有缺乏東西的人這種微笑。在那一刻，我討厭她。

那個晚上，凱文像是按照劇本演出那樣，打電話給我，問我：「你要帶誰去福桂樹舞會？」

我閃避這個問題。「**你**又要帶誰去？」

「不知道。」他說。

「我也還不知道。」

電話的另一頭停頓了一下。「不是帶星星女孩？」

「不必然。」我說。

「你是要告訴我什麼嗎？」

「我有什麼好告訴你的？」

「我本來以為你們是一對。我本來以為這是毫無疑問的。」

「那你為什麼又問我要帶誰去舞會？」我說，直接把電話掛上。

那天夜晚在床上，隨著月光悄悄爬上我的被子，我越來越不自在。然後我做了一件從來沒有做過的事：拉上了窗簾。夢中，我看見那個坐在商場長凳的老人抬起顫抖的頭，用沙啞的聲音說：「你竟敢原諒我。」

隔天早上，「嗶嗶鳥」多了張新啟事，上面寫著：

在這裡簽字報名

參加新樂團

『烏克呆呆』

無經驗可

下面是兩排編好號碼供填寫姓名的欄位，共四十個欄位。放學前，四十個欄位全被填滿，名字包括米妮老鼠、達斯．維達[21]和沼澤異形[22]。連校長的名字也在上頭。還有韋恩．帕爾和朵麗．狄爾森。

「你看到了嗎？」凱文說，「有人填上帕爾的名字。」

我們當時在攝影棚的控制室裡。現在是五月，「熱椅」的拍攝季已經結束，不過有時候放學後我們還是會被攝影棚吸引過來。

「我看見了。」我說。他走近一個沒開的監視器，打量自己在螢幕裡的倒影。「我沒看見你的名字在名單上。」

「沒有。」

「你不想成為一個『烏克呆呆』？」

「我猜不想。」

我們撫弄了器材一會兒，凱文走出控制室，走上舞台，打開一個開關，開始說話。我聽不見他說什麼，我把一個耳機的軟墊靠在耳邊，他的聲音聽起來像是從另一個世界傳來。「她又再次變得傻呼呼，比以前還要變本

21 電影《星際大戰》中的大反派。

22 DC漫畫中的角色。

加厲。」

我透過玻璃打量他。我放下耳機，走出控制室。

我明白他在做什麼，他斷定自己現在可以放膽講星星女孩壞話，他一定是從我的行為得到授意。很明顯地，星星女孩是第一個看穿我的人。她提福桂樹舞會時讓我感受到的刺痛，我記憶猶新。

我有那麼好懂嗎？

◆

教室、走廊、操場、餐廳——不管我去到哪裡，都聽得見她被輕視、嘲笑和中傷。她之前想變得受歡迎，變得更像他們，這種努力徹底失敗了。如果說這種努力有什麼效果，那就是他們對她的厭惡比之前更嚴重了。他們也更敢在我面前明說——還是只是因為我現在比較願意仔細聆聽？

有一天放學後，她和朵麗・狄爾森——「烏克呆呆」僅有的兩個成員——在操場裡演出二重唱。星星女孩彈著烏克麗麗，兩人一起合唱〈藍色夏威夷〉。她們明顯有練習過，唱得非常好，但也非常沒人搭理。一曲唱罷之後，她們是唯二還在操場裡的人。

第二天，她們又在那裡。這一次她們戴著墨西哥草帽，唱墨西哥歌曲：〈可愛天空〉和〈親愛的，願主與你同在〉。我待在建築物裡，我害怕把她們當成不存在似的走過她們身邊，也害怕佇立在她們面前聽她們唱歌。我透過窗戶偷看，看見星星女孩正在跳佛朗明哥舞，響板的聲音穿透玻璃窗。

學生從她們旁邊走過，大部分人連看都不看她一眼。我看到韋恩．帕爾和希拉蕊．金寶走過，希拉蕊放聲大笑。接著是凱文，然後是籃球隊隊員。我明白大家對她的迴避沒有盡頭。我知道我應該做什麼：我應該走出去站在她們面前，為她們鼓掌；我應該向星星女孩和全世界展現我不像其他人，表達我欣賞她，讚賞她對於當自己的堅持。但我待在教室裡，我待到最後一個學生離開操場，待到星星女孩和朵麗沒有聽眾可供表演。讓我驚訝的是，她們繼續表演下去。此情此景讓我不忍卒睹。我從另一道門離開學校。

31

正如她所預料的，我沒有邀她參加福桂樹舞會。我沒有邀任何人當女伴。我自己根本沒去。

但她卻去了。

舞會在五月底的星期六晚上舉行，地點是邁卡鄉村俱樂部的網球場。當夕陽在西方變成微微發光的餘燼和月亮在東方升起的時候，我騎著腳踏車朝網球場而去。我沿著俱樂部外圍繞圈，舞會會場掛滿中國式燈籠，從遠處看去像一艘海上的郵輪。

我看不清楚誰是誰，只看到五彩繽紛的顏色，其中最多的是灰藍色。在韋恩．帕爾表示他會穿灰藍色的晚禮服之後，全校有四分之三的男生都到晚宴服租售店訂了相同顏色的禮服。

我在燈光照不到的黑夜中穿梭徘徊，不時有一、兩聲細微的音樂傳到我耳裡。四月時盛開的沙漠花朵正在凋零，我突然覺得它們呼喚著彼此。

我徘徊了好幾個小時。月亮像斷了線的氣球升上天空。在馬里科帕山脈暗影的某處，有隻郊狼在嚎叫。

接下來的幾天、幾星期和幾年，每個人都會同意一點：這個景象是他們前所未見。

她坐在一輛腳踏車的拖車抵達舞會。拖車的大小剛好夠她坐進去，拖車外側有一個輪子，內側緊緊固定在腳踏車上。除了坐墊和拖車的板凳以外，整台腳踏車都覆蓋著花朵。後輪的擋泥板拖著一條長達十英尺的花串，就像是新娘婚紗尾襬。腳踏車的把手上裝飾著向兩邊伸展的棕櫚葉。這台腳踏車宛如是參加玫瑰花車遊行的花車，駕駛人是朵麗．狄爾森。

目擊者後來補充說明了我沒看到的部分：每逢有打扮得光鮮亮麗的男女從租來的豪華轎車或借來的敞篷車下車步入會場，家長們的相機就會閃個不停，泛光燈也會大開，把黑夜照耀得如同白晝，四周也會響起熱烈掌聲。但突然間，鎂光燈靜止了下來，泛光燈也暗淡下來，眾人陷入鴉雀無聲。原來剛剛在一輛特別長的豪華轎車開走之後，就來了那台三輪的花車。

駕駛朵麗．狄爾森穿著白色燕尾服，頭戴絲質高帽，但吸引眾人目光的是她車上的乘客。星星女孩那襲無肩帶晚禮服鮮亮金黃，就像是從金鳳花榨出來的。晚禮服底下必然裝有設計巧妙的環圈，不然她腰部以下的裙襬不可能像倒扣茶杯那樣隆起。她的頭髮美得讓人難以置信，大家對此眾說紛紜，有人說那是蜂蜜的顏色，有人說是草莓的顏色。她的頭髮像糖霜一樣蓬鬆地高高盤在頭上。那是假髮。不，那是真髮。雙方都非常堅持己見。

耳環在她的耳朵上輕輕晃動著，耳環是銀色的，小小一雙，它們又是什麼款式？它們有部分被垂落的長捲髮遮住了。眾人對耳環的款式有許多不同的說法，最熱門的說法是說它們像大富翁遊戲的棋子，但這將會被證明是錯誤的。

她脖子上戴著一條皮繩，皮繩上串著一英寸長的白色香蕉形狀化石，表明她是「化石忠誠會」的資格完備成員。

其他人手腕上戴的花環都是蘭花，她卻戴著一朵小向日葵。但那又也許是烏眼金光菊或某種雛菊。沒有人說得準，只知道花是黃黑兩色。

進場前，她向腳踏車轉身，往掛在把手上一個小籃子探頭。小籃子也是裝滿花。她似乎親吻了籃子裡的某樣東西，然後她向朵麗・狄爾森揮揮手。朵麗・狄爾森回禮後把腳踏車騎走。附近的人瞧見有一雙肉桂色的小耳朵和兩顆胡椒粒大小的眼睛從小籃子露出來。

「漂亮。」

「好特別。」

「與眾不同。」

「好氣派。」

這些話是後來由站在走道兩旁的家長口中說出。只不過，在她從入口走入舞會會場的當時，人們只顧瞪著她看，顧不得說話。有人記得有一部照相機的閃光燈閃了一下，但僅此而已。她不是在場任何人的孩子。她是那個他們都聽說過的女孩。她沒有刻意避開他們的目光，正好相反，她直視他們，先是看這一邊再看另一邊，看著每個人的眼睛微笑，就像她認識每一個人，就像他們曾一起分享過某種美好和特殊的事情。有些人因為感覺到一種他們無法解釋的不自在感而別過頭，有些人則在她的目光移開後感到空虛。她是那麼有吸引力，那麼自足，以致許多人在她走過去之後才驚覺她沒有男伴，只是孤單一人。

遠處的我騎在腳踏車上，抬頭眺望滿天星斗。我好奇她是不是也可以看見滿天星斗，還是說星光受到了舞會燈籠光輝的遮蔽。

舞會在最中間一個網球場舉行，地上鋪了一層可拆卸的拼花地板。她做了參加舞會的人都會做的事：跳舞。在蓋伊．格雷科指揮的「小夜曲樂團」的音樂聲中，她跳了慢舞，也跳了快舞。她張開手臂，頭向後仰，閉上眼睛，舉手投足都顯示她徹底樂在其中。其他人當然沒有和她說話，卻不由自主地越過舞伴的肩膀上方看她。每首曲子結束時她都會拍手。

其他人當然都知道她沒有男伴，只能獨自跳舞。但不知道為什麼，這一點看來越來越不重要。隨著夜色漸深，隨著單簧管的聲音和郊狼的叫聲融合在一起，他們身上灰藍色西裝和手上蘭花花環的魔力似乎消失了。他們突然隱約感覺自己比她還要孤單。

是誰先開始的？沒有人說得準。有人在雞尾酒桌和她擦身而過嗎？有人從她的向日葵摘下一瓣花瓣嗎？（有一瓣不見了。）有人輕聲對她說了聲「嗨」嗎？不知道。但有一點可以確定的是，一個叫雷蒙．斯蒂馬克的男生和她跳了一支舞。

對全校的學生來說，雷蒙．斯蒂馬克的存在感低到連超市的自動門都感應不到。他不是任何校隊或社團的一員，他沒參加學校的任何活動，他成績普通，衣著普通，長相普通。他沒有引人注意的特質，他是如此渺小，小到讓人連他的名字都記不住。事實上，當所有眼睛轉向舞池裡的他的時候，少數幾個只知道他名字的人一邊皺眉看著他的白色西裝，一邊低聲說：「他叫雷蒙什麼的。」

然而，現在偏偏是這個不起眼的「雷蒙什麼的」大出風頭。先前他直直朝她走去（後來才知道原來是他的女伴建議他這樣做），和她說了幾句，然後兩人便跳起舞來。舞池裡其他男女為了更清楚地看見他們，不斷調整位置。曲子結束時，他和她一起鼓掌，然後回到女伴身邊。他告訴女伴，星星女孩的銀色耳環是小貨車形狀。

現場氣氛變得緊繃。男生們坐立不安，女生們拔手腕花環的花瓣。然後冰瓦解了，好幾個男生離開了自己的女伴。當他們朝星星女孩走去時，她卻去找了蓋伊．格雷科，和他說了些什麼。蓋伊．格雷科向「小夜曲樂團」轉身，指揮棒一揮，響起的是老掉牙的青春舞曲〈兔子跳〉[23]。不到幾秒鐘，一條長蛇般隊伍就在舞池裡形成，星星女孩站在最前面帶隊。時光突然倒流回到去年十二月：全校再次臣服於她的魔咒下。

幾乎每一對男女都加入了，但希拉蕊．金寶和韋恩．帕爾除外。

蛇形隊伍在沒有球網的網球場裡彎來彎去，星星女孩開始即興創作動作。[24]她假裝自己是遊行隊伍中的名人那樣，朝想像出來的群眾揮動雙手，她向星空甩手，她像打蛋器那樣快速轉動拳頭，每個動作都被隊伍後面的每個人模仿。兔子的三步跳躍[25]變成歌舞雜耍女郎的剪刀步，接著是企鵝的搖擺步，接著是嬌氣女的腳尖步，每個新動作都讓隊伍爆出一陣笑聲。

當蓋伊．格雷科指揮完一曲停下來時，人們發出了抗議聲，他馬上重揮指揮棒。

在興奮的尖叫聲中，星星女孩帶領隊伍離開拼花地板舞池，去到其他網球場，然後又穿過用鐵鏈連接的圍欄，完全走出網球場區。去到高爾夫球場的練習果嶺時，紅色康乃馨和手腕花環隱隱發光。隊伍在球洞之間蜿蜒，進出燈籠燈光的影照範圍。從舞池看過去，「兔子跳」隊伍顯得不只是一支隊伍：那一百對男女、兩百個人和四百條腿看起來結合成了一隻狂歡的華麗生物，傳說中的千足蟲。接下來，巨蟲的頭逐漸消失，而後面的部分沿著光線的邊緣捲曲，最後就像一條灰藍色巨龍的尾巴那樣沒入了黑暗中。

一個穿雪紡紗禮服的女生和男伴起了一點爭執，便跑向高爾夫球的開球區，大喊說：「等等我！」她看起來像是一隻薄荷綠色的大飛蛾。

他們的聲音清晰地從高爾夫球場傳來，笑聲和歡呼聲跟兔子沒完沒了的三下跳躍節奏交織成一首鬧烘烘的協奏曲。一度，在弦月的光輝下，他們的側影出現在遠方一座半圓形的果嶺，就像在某個人夢中跳舞的人物。

23 「兔子跳」是一種集體舞蹈，跳者排成一長排，前後用手扶著彼此，步調一致地跳舞。

24 「兔子跳」領頭人比什麼動作，後面的人就會比什麼動作。

25 「兔子跳」隊伍每隔一陣會連續跳起三下。

接著非常突然地，他們消失了，彷彿做夢的人已經醒過來。沒有什麼可看見，沒有什麼可聽見。有人喊了一聲：「喂！」但沒有得到回應。

根據那些留下來的人的描述，當時的感覺就像等待一個潛水的人重新浮出水面。但希拉蕊·金寶沒有這種感覺。「我是來跳舞的。」她說，她拉著韋恩·帕爾走向樂隊，要求他們演奏「正規音樂」。

蓋伊·格雷科側著頭聽希拉蕊說，但指揮棒沒有停下來，樂隊也沒有停止演奏。

事實上，隨著時間一分鐘、一分鐘過去，音樂聲似乎變得越來越大。這也許是一種錯覺。也許是因為樂隊感覺和跳舞的人產生了某種連結，也或許是因為跳舞隊伍在黑暗中越走越遠，樂隊就必須演奏得越大聲。也許音樂是一條風箏線。

希拉蕊·金寶把韋恩·帕爾拉到舞池中央，他們跳了慢舞，也跳了快舞，甚至跳了老式的吉魯巴舞步。但毫無作用，因為沒有任何舞步比「兔子跳」更適合三拍子鼓點。她一拳打在韋恩·帕爾胸口，手腕上的蘭花片片落下，「想想辦法啊！」她大叫說。她從他口袋掏出幾片口香糖，用力地嚼，然後把口香糖渣扯成兩半，塞進耳朵裡。

樂隊繼續演奏。

事後人們對於「兔子跳」隊伍離開了多久眾說紛紜，但每個人都同意，感覺上他們像是不見了幾小時。學生們站在最外圍的燈籠下，手指勾著圍欄上包覆著塑膠皮的鐵線，一同凝視著黑暗，拚命想看到或聽見些什麼。但傳來的只有一隻郊狼的叫聲。據說有個男生瘋狂地朝黑暗奔去，然後肩膀上搭著灰藍色西裝一邊笑著，一邊慢慢往回走。還有一個頭髮別著閃亮飾品的女生開始發抖，赤裸的雙肩就像是感到冷似的顫抖，她哭了起來。

希拉蕊．金寶沿著圍欄怒沖沖地走來走去，反覆握緊五指和鬆開。她看來無法靜止不動。

當最終有人大喊「他們回來了！」時，那是一個站在最遠處的孤單瞭望者所發出。有上百個學生（希拉蕊除外）轉身跑過八座網球場，粉彩色的裙子激烈擺盪，像是一群驚逃的火鶴。圍欄因為受到推擠而往外彎曲，他們繃緊目光，燈光幾乎無法漏到圍欄外的粗糙地面上，那是屬於沙漠的一邊。

「在哪裡？在哪裡？」

接著你可以聽見叫喊和歡呼聲從某個地方傳來，和音樂聲發生衝突。然後，隨著「在那裡！」的喊叫聲，一片黃色一閃，星星女孩從黑暗中跳了出來，尾隨的人陸續從黑暗中現身，形成一隻長長的、灰藍色的多頭生物。他們仍然跟著節拍跳動，要說他們有什麼不同，就是看起來比原來更有活力。他們煥然一新，他們的眼睛在燈籠的光線中閃爍，很多女生頭髮上都插著半枯萎的褐色花朵。

星星女孩帶領隊伍沿著圍欄外面蹦蹦跳，圍欄裡面的人也組成蛇形隊伍，配合著圍欄外隊伍的節拍蹦蹦跳。當蓋伊．格雷科的指揮棒揮出最後三下「蹦——蹦——蹦」的拍子的時候，兩支隊伍正好在門口會合，接著是一陣瘋狂的擁抱、尖叫和親吻。

不久，當「小夜曲樂團」彈奏起〈星塵〉的時候，希拉蕊．金寶走到星星女孩面前說：「妳破壞了一切。」說完甩了星星女孩一記耳光。

眾人頓時全愣住了。兩個女生在原地對看了整整一分鐘。站在附近的人看見希拉蕊眼睛和肩膀閃縮了一下：她顯然等著對方以一巴掌回敬。事實上，當星星女孩終於有所動作時，希拉蕊甚至微微後退和閉上眼睛。不過碰到她的是雙唇而不是手掌，星星女孩輕吻她的臉頰。希拉蕊睜開眼睛時，她已經走了。

朵麗．狄爾森正在等她。穿金鳳花晚禮服的星星女孩彷彿是飄過離開會場的走道。她坐進拖車裡，滿是花朵的腳踏車接著向夜幕開去。這是我們所有人最後一次看見她。

32

那是十五年前的事。十五個情人節過去了。

在我的記憶裡，福桂樹舞會之後的那個夏天歷歷在目。有一天，因為心裡感到匱乏和空虛，我走到她家去。她家門前豎立了一面「房屋待售」的牌子，我望進窗內，裡面只有光禿禿的牆壁和地板。

我跑去找阿契。他的微笑透露出他早知道我會來。我們在後門廊坐下，一切看起來和往昔無異。阿契點燃菸斗，沙漠被夕陽染成一片金黃，巨人柱先生掉落著褲子。

什麼都沒有變。

什麼都變了。

「她到哪裡去了？」我問。

阿契一邊的嘴角微張，噴出一團像絲的煙霧，煙霧像是要讓人欣賞似的停留了一下，再順著他的耳朵向上飄走。「中西部，明尼蘇達州。」

「我會再見到她嗎？」

他聳聳肩。「這個國家很大。這個世界很小。誰知道呢？」

「她甚至沒有等到學年結束。」

「對。」

「就這樣……跑掉。」

「嗯。」

「她走了才幾個星期，但感覺像一場夢。她真的曾經出現過嗎？她是誰？她是真的嗎？」

阿契凝視我良久，笑容苦澀，眼睛閃閃發亮。然後他搖搖頭，像是從失神狀態醒過來。「啊，你在等答案。可以把問題再說一次嗎？」

「別鬧了，阿契。」

他往西望去，太陽像熔化的奶油那樣塗灑在馬里科帕山脈。「她是不是真的？當然是。真得不能再真，永遠不要懷疑這個。這是好消息。」他用菸斗柄指著我。「星星女孩也是一個好名字。不過我想她心裡想的是更簡單的事情。星人很稀少，你要很幸運才會碰到第二個。」

「星人？」我說，「你把我搞糊塗了。」

他咯咯地笑：「沒關係，我自己也搞不清楚。遇到無法真正了解的人，我就會這樣稱呼他們。」

「那些『星星』是打哪來的？」

他用菸斗柄指指我說：「問得好。它們打從一開始就存在。它們提供了塑造我們的材料，提供了塑造我們的初始元素。我們都是用星星造的，懂嗎？」他拿起古新世囓齒動物「巴尼」的頭骨。「『巴尼』也是這樣。明白嗎？」

我點點頭，假裝聽懂。

「我認為每隔一陣子就會出現一個比我們原始一點點的人，他比我們略為接近我們的開端，他和塑造我們的元素有著多一點點的連結。」

雖然我不懂這番話的意思，卻覺得它適合用來形容她。

看見我神情茫然，他笑了起來。他把「巴尼」拋給我，盯著我看。「她喜歡你，孩子。」

他的聲音和眼神流露的強烈情感讓我眨了眨眼。

「我知道。」我說。

「你知道，她是為你做的。」

「做什麼？」

「捨棄自我一陣子。她愛你到這種程度，真不敢相信你竟然這麼幸運。」

我不敢看他。「我知道。」

他搖搖頭，神情傷感。「不，你不知道。你還不能體會。也許有一天……」

我知道他本來想說更多，他十之八九是想告訴我，我有多愚蠢，有多懦弱，搞砸了千載難逢的機會。不過微笑重回他的臉上，他的眼神再次轉為柔和，所以從他口中出來的只有櫻桃香的煙霧，沒有嚴厲話語。

我繼續參加「化石忠誠會」星期六的聚會，我們都沒有再提起她。翌年夏天，在我要離家上大學的前幾天，阿契把我叫去。

他帶我到後院，但這一次不是在後門廊和我聊天。他把我帶到工具棚屋去，他拉開門閂，打開門——裡面原來根本不是放工具。「這裡是她的辦公室。」他說，示意我走進去。

在這裡，我原本以為會在她家裡房間看到的工具材料一應俱全。這裡就是她從不向我透露的辦公室的所在地。我看到一捲捲的緞帶和包裝紙、一疊疊五顏六色的美術紙、一盒盒的剪報、水彩和顏料罐，還有一疊黃色電話簿。

一面牆壁上貼著邁卡城的街道圖，上面插了幾百枚不同顏色的大頭釘，沒有線索可以讓人知道大頭釘是代表什麼。一本大本的自製日曆掛在對面的牆壁，一年的每一天都有一個方格，方格裡是鉛筆寫的名字。整本日曆的最上面寫著兩個字：生日。我發現整本日曆只有一個地方是彩色的，那是一顆紅心，畫在我的名字旁邊。

阿契遞給我一本類似家庭相簿的厚本子，封面上的標題是手寫的：「彼得．辛克維茲的童年」。我翻了一翻，看見那天她拍的幾張照片。在其中一張裡，彼得．辛克維茲因為香蕉車被搶走而啼哭。

「我會等五年後再把這本子交給他父母。」阿契說。

他指著角落一個檔案櫃。

檔案櫃有三層抽屜。我拉開其中一個，裡面放著好幾十個紅色的吊掛式檔案夾，每個上面都貼有名條。我看到我的姓氏：「伯洛克」。我把檔案夾抽出來打開，裡面有一篇《邁卡時報》三年前刊登的壽星專欄，從校報上剪下的一篇我的簡介，以及許多我的照片。照片都是偷拍的，有在停車場拍的，有在我離開家門時拍的，有在商場裡拍的。顯然彼得．辛克維茲不是她攝影的唯一對象。然後還有一張有兩個欄位的紙張，一欄最頂寫著「喜歡」，另一欄最頂寫著「討厭」。「喜歡」的第一項是豪豬領帶，第二項是草莓香蕉冰沙。

我把我的檔案夾放回抽屜。我看見其他名字：凱文，朵麗．狄爾森，麥克沙恩老師，丹尼．派克，安娜．格里茲代爾，甚至還有希拉蕊．金寶和韋恩．帕爾的名字。

我後退一步，我倍感震驚。

「真是讓人……難以置信。她有每個人的檔案，簡直像是間諜。」

阿契點頭微笑。「這叫可愛的背叛，對吧？」

我說不出話來。他把我帶回到屋外讓人炫目的日光中。

33

讀大學那幾年，我每逢回家都會去看阿契。畢業後，我在東部找到工作，探望他的次數就變少了。隨著阿契越來越老，他和巨人柱先生的差別也越來越少。我們坐在後門廊，他看來對我的工作充滿好奇，我現在是舞台設計師。直到最近我才想到，從星星女孩把我帶到她的「奇幻之地」那天開始，我就變成了舞台設計師。

在我最後一次去看他時，他在大門等我。他拿起鑰匙串在我面前晃了晃，「你來開車。」

他要我往西朝馬里科帕山脈開去，一個舊瀝青桶在他的老爺小貨車的車廂裡不斷格格作響。他大腿上放著一個牛皮紙袋。

途中我問了那個我每次都會問的問題：「你現在搞懂她了嗎？」

她已經離開多年，但我們提到她的時候仍然不用指名道姓，我們都知道我們在談誰。

「還在努力中。」他說。

「最新成果是什麼？」

我們這一答一問都是老台詞。

這一次他說：「她比化石還棒。」以前來看他的時候，他說：「當一個星星女孩哭泣，流出的不是淚水而是光。」在其他年的其他次，他稱她為「魔術帽裡的兔子」或「萬能溶劑」或「我們的垃圾的回收再生者」。

他說這些話時都面露狡猾微笑，因為他知道它們會把我弄糊塗，足夠讓我苦思至下次見面為止。

我們在兩、三點抵達山麓，他指示我把車停在一片石頭路肩，我們下車步行。他帶著牛皮紙袋，我提著瀝青桶。他從桶裡拿出一頂邋遢的藍色帽子，戴在頭上。從遠處看起來溫暖柔和的太陽在這裡卻很炙熱。

我們沒有走很遠，因為走路對他來說是吃力的差事。我們停在一塊灰色的光滑岩石露頭前面，阿契從桶裡拿出一把小鶴嘴鋤，敲打岩石露頭。

「這麼辦應該就可以。」他說。

他敲打岩石時，我幫忙拿著紙袋。他手臂的皮膚變得又乾又薄，就像他的身體正準備要回歸大地。他花了十分鐘挖了一個他覺得大小剛好的洞。

他要我把紙袋給他，他從紙袋裡拿出的東西讓我驚訝。

「巴尼！」

那隻古新世嚙齒動物頭骨。

「回家了。」他說。他說他很遺憾沒有精力把「巴尼」送回南達科他州牠原來出土的地層。他把「巴尼」放進洞裡，然後從口袋拿出一張紙片。他把紙片捏成一團，放入洞裡，在頭骨的旁邊。然後他從瀝青桶拿出一瓶水、一小袋補綴水泥、一把鏝刀和一個塑膠托盤。他把補綴水泥和好，用它密封洞口。從遠處看你不會看出有人在這石頭上動過手腳。

走回貨車時，我問他紙片上寫了什麼。

「一個單字。」他說。從他這種回答方式，我知道自己再追問也不會得到答案。

我們往東開出山脈，在太陽下山前回到家。

當我下一次回來時，阿契的房子已經換了主人。後院的棚屋不見了，巨人柱先生也消失了。一間新的小學蓋在了星星女孩的「奇幻之地」。

不只是星星

畢業後我們班每五年會聚頭一次，但我還未去過。我和凱文保持聯絡，他一直住在邁卡城，現在成了家。和我一樣，他最終沒有進入電視圈，但他發揮能言善道的天賦，成了保險業務員。

凱文說每當大家在邁卡鄉村俱樂部開同學會，總是常常談到星星女孩，好奇她後來去了哪。老同學之間最常問彼此的問題就是：「當時你有參加『兔子跳』嗎？」在上一次同學會時，多個同學出於一時興起，排成一列，後面的人雙手扶著前面的人的腰，在果嶺上蹦跳了十幾分鐘，但感覺已不是當年的感覺。

沒有人曉得韋恩．帕爾後來怎樣了，只知道他和希拉蕊畢業不多久就分手了。有關他的最後消息是，他說他準備參加海岸防衛隊。

「邁中」現在有了一個叫「向日葵」的新社團，入社者必須簽一份同意書，承諾「每天為自己以外的某個人做一件好事」。

今天的「電子隊」樂隊十之八九是亞利桑那州唯一有人彈奏烏克麗麗的樂隊。

這些年來，「電子隊」在籃球場上再也沒有打出過我當時的好成績。但那個球季發生的某件事最近幾年再度出現，讓其他學校的球迷相當困惑。在每場比賽中，當對手第一次得分時，都會有一小群「電子隊」球迷跳起來為他們喝采。

每一次回到邁卡城，我都會開車到她位於帕洛弗迪街的舊家外頭看看。最近一次去那裡時，我看到馬路對面有個紅頭髮年輕人正在把滑水板固定在一輛黃色金龜車車頂。他一定就是彼得·辛克維茲。我不知道他現在是不是像從前對待香蕉車那樣，不容別人碰他的金龜車。我也不知道他是不是已足夠年長，懂得珍惜星星女孩為他做的剪貼本。

至於我呢，我全心投入工作，並時時留意有沒有「銀色午餐車」的蹤跡。我有時會不打傘走在雨中。當我看見人行道上有零錢時，我會讓它留在原處。當沒有人注意時，我會在地上扔下一個二十五分的銅板。每當我買「賀曼」的卡片都會有罪惡感。我也會注意聽有沒有仿聲鳥的叫聲。

我閱讀報紙，而且是鉅細靡遺地讀。我會跳過頭版和頭條新聞，直接翻到後面幾頁。我讀地方版和「補白」。我看到了從緬因州到加州發生的小小善行。我讀到，堪薩斯市有個男人每天早上都會站在繁忙的十字路口，向開車上班的人揮手致意。我也讀到，俄勒岡州有個小女孩在家門前賣檸檬水（每杯五分），並且為每個顧客提供抓背服務。

每次讀到這一類事情，我都會好奇**她在那裡嗎**？好奇她現在怎樣稱呼自己。我不知道她的雀斑是不是已經消失，也不知道自己是不是有第二次機會。我是不知道，但並不絕望。雖然我還沒有自己的家庭，我並不感到孤單。我知道自己被人監視了。她笑聲的回聲是每天叫醒我的第二道陽光，而每天晚上，我覺得俯視著我的不是只有星星。上個月，在我生日前一天，我在信箱裡看見一件禮物紙包裝的包裹，裡面是一條豪豬領帶。

小說精選

星星女孩

2020年11月初版　　定價：新臺幣320元
2023年8月初版第三刷

著者	Jerry Spinelli
譯者	梁永安
叢書編輯	葉倩廷
校對	蘇暉筠
	趙蓓芬
內文排版	王兮穎
封面設計	莊謹銘

出版者	聯經出版事業股份有限公司
地址	新北市汐止區大同路一段369號1樓
叢書主編電話	(02)86925588轉5312
台北聯經書房	台北市新生南路三段94號
電話	(02)23620308
郵政劃撥帳戶	第0100559-3號
郵撥電話	(02)23620308
印刷者	文聯彩色製版印刷有限公司
總經銷	聯合發行股份有限公司
發行所	新北市新店區寶橋路235巷6弄6號2樓
電話	(02)29178022

副總編輯	陳逸華
總編輯	涂豐恩
總經理	陳芝宇
社長	羅國俊
發行人	林載爵

行政院新聞局出版事業登記證局版臺業字第0130號

本書如有缺頁，破損，倒裝請寄回台北聯經書房更換。　ISBN 978-957-08-5636-1 (平裝)
聯經網址： www.linkingbooks.com.tw
電子信箱：linking@udngroup.com

國家圖書館出版品預行編目資料

星星女孩/Jerry Spinelli著．梁永安譯．初版．新北市．聯經．
2020年11月．248面．14.8×21公分（小說精選）
譯自：Stargirl
ISBN 978-957-08-5636-1（平裝）
[2023年8月初版第三刷]

874.596　　109015646